NUIT BLANCHE

DU MÊME AUTEUR

Essais

Bangla-Desh : nationalisme dans la révolution, Maspero, 1973. Réédité au Livre de Poche sous le titre : Les Indes rouges, 1985.
La Barbarie à visage humain, Grasset, 1977.
Le Testament de Dieu, Grasset, 1979.
L'Idéologie française, Grasset, 1981.
Impressions d'Asie, Le Chêne/Grasset, 1985.
Éloge des intellectuels, Grasset, 1987.
Les Aventures de la liberté, une histoire subjective des intellectuels, Grasset, 1991.
Les Hommes et les Femmes (avec Françoise Giroud), Orban, 1993.
La Pureté dangereuse, Grasset, 1994.
Le Siècle de Sartre, Grasset, 2000.
Réflexions sur la Guerre, le Mal et la fin de l'Histoire, précédé des Damnés de la guerre, Grasset, 2001.
Rapport au président de la République et au Premier ministre sur la participation de la France à la reconstruction de l'Afghanistan, Grasset/La Documentation française, 2002.
Qui a tué Daniel Pearl ?, Grasset, 2003.
American Vertigo, Grasset, 2006.
Ce grand cadavre à la renverse, Grasset, 2007.
De la guerre en philosophie, Grasset, 2010.
La Guerre sans l'aimer, *Journal d'un écrivain au cœur du printemps libyen*, Grasset, 2011.
L'Esprit du judaïsme, Grasset, 2016.
L'Empire et les cinq Rois, Grasset, 2018.
Ce virus qui rend fou, Grasset, 2020.
Sur la route des hommes sans nom, Grasset, 2021.
Solitude d'Israël, Grasset, 2024.

Suite en fin de volume

BERNARD-HENRI LÉVY

NUIT BLANCHE

BERNARD GRASSET
PARIS

Bande : *Nocturne en noir et or,*
la fusée qui retombe, 1875 (huile sur panneau)
par James Abbott McNeill Whistler (1834-1903).
Detroit Institute of Arts © BridgemanArt.

ISBN 978-2-246-84144-9

CHAPITRE 1

Dormir ?

1

J'ai tout fait comme il faut. Arrêté ma tablette avec sa lumière bleue qui bloque la production de mélatonine. Mis mon portable sur mode avion. Eteint les lampes. Les veilleuses. Coincé les portes du placard, au cas où les néons se mettraient à clignoter. Pareil pour les rideaux. Ils ont été changés. Ils sont bien amples, maintenant, avec embrasses, aimants et coefficient de fronçage qui leur permettent d'être impeccablement superposés et de laisser zéro chance à une clarté, un phare de voiture, un rayon de lune. J'ai, en plus, posé une pile de livres qui, vu que je dors fenêtre ouverte, les gardera bien collés en cas de coup de vent. J'ai avec moi le Pléiade Mallarmé, tome 2, 1936 pages, dont je sais qu'il va m'ennuyer.

Je me relève pour ajouter trois livres à l'autre pile, qui bloque les portes du placard. Ressors de la chambre. Retourne à mon bureau. Cherche, pour le rendez-vous de demain matin, le dossier que je suis sûr d'avoir posé là, avant dîner. Ne le trouve pas. Me dis que je l'ai rêvé. Mais je rêve si peu ! C'est tout le problème. Je retourne me coucher. Reprends le Mallarmé. M'ennuie. Pense aux gentils médecins qui tentent de me fourguer leurs tisanes à base de valériane, aubépine, passiflore, mandarine rouge. Pourquoi pas, tant qu'ils y sont, de la lavande dans les draps ? De la camomille sur mon oreiller ? Ou le fou génial qui, à la Renaissance, se frottait les tempes avec des éponges trempées dans des décoctions de pavot, de mandragore, de laitue ?

Non. Lire encore. Lire jusqu'à ce que le livre me tombe, comme il se doit, des mains. Qu'ai-je à faire, sous la plume d'un des plus grands poètes français, des « Beautés de l'anglais » ? Ou de ratiocinations sur les avantages comparés de l'enseignement des langues « par le naturel » et « par la grammaire » ? Le *Coup de dés* ou le *Billet à Whistler*, bien sûr. Ou le projet sublime du « Livre ». Mais c'est dans le tome 1. Et je n'ai pas non plus de raison de me passionner, dans ce tome 2, pour

Les Dieux antiques, traduction d'un manuel scolaire vulgarisant les théories d'un orientaliste, Max Müller, qui m'a toujours paru douteux.

Ça y est. Le livre fait son effet. Je bâille. J'ai la tête lourde. L'attention qui flotte. Je pense à l'insomniaque de Freud censé s'endormir en se concentrant sur l'enlèvement de ses vêtements et de ses souliers. De son dentier, aussi ? Je ne sais plus. J'ai de bonnes dents. Les dents de ma mère. Elle était si jolie… Le seul problème c'est que je bruxe, je grince, dans mon sommeil. Comme le diable. Comme les damnés. Comme l'impie dans le livre de Job. Ou comme Mallarmé – mais, hélas, pas ici ! – qui disait : « moi, je ne dors jamais, et c'est ainsi que je me figure l'état de damné ». Alors, j'éteins ma lampe. Doucement. Légèrement. Sans en faire une histoire. Genre « c'est facile, tout va bien ».

Mais non. Fausse alerte. Je me tourne. Me retourne. Ai du mal à trouver une position. M'ennuie encore plus que quand je me forçais à lire en pensant que ça m'endormirait. Je suis tout à fait réveillé maintenant. « Je gémis contre le matelas », disait Kafka. C'est comme si j'étais « enfermé dans une noix ». Une noix ? Rallumer. Reprendre le livre et chercher si c'est là qu'est la fameuse formule sur l'œuvre de Proust « sortie d'une tasse de thé ». Peu probable. Et il n'y a pas d'index.

2

Je connais les recommandations de la Faculté. Je les ai tous vus. Les acupuncteurs. Les magnétiseurs. Les hypnotiseurs. Les marchands de sommeil de la médecine douce, parallèle, alternative. Les Herr Professor de l'Unité des Troubles de la Veille et du Sommeil, à Lille, où on m'a diagnostiqué des apnées longues, avec moyenne horaire monstrueusement élevée. L'Hôpital San Raffaele, à Milan, où on voulait me greffer un implant dans la poitrine. Le Centre de médecine du sommeil de Cenas, à Genève, où ils m'ont affublé d'un équipement de cosmonaute, lui-même équipé d'un moteur qui faisait un bruit d'avion et ne laissait aucune chance au sommeil. L'Unité d'Hypnologie et Epileptologie, à Lyon, où ils m'ont donné une autre machine, mais il fallait un prix Nobel rien que pour connecter les câbles. Et puis la Mayo Clinic, à Rochester, Minnesota, où l'idée était de me raccorder le cerveau, la nuit, à un écran de télésurveillance – je leur ai dit : « *hi, guys* ! le dossier Hemingway est le seul, comme par hasard, à avoir disparu de vos *files* ! et vous voulez contrôler mes insomnies, mettre un vidéo-opérateur derrière chacun de mes rêves et, si je ne rêve pas, de mes fantasmes ? *No way* ».

Chacun avait sa technique. Et ce serait peut-être une technique de me les remémorer. Méditation. Yoga. Gemmothérapie et florithérapie. Sophrologie. Hypnose. Relaxation. Lâcher prise. Respirer par le ventre. Vous n'avez plus de poumons, juste un ventre. Vos pieds sont lourds, très lourds. Penser à la literie. Aux Rubik's cubes qu'on donnait, pour les calmer, aux fous de Sarajevo. Marcher en pensée. Penser à rien. Compter les moutons. Les moulures. Compter pour compter, comme les bagnards de Dostoïevski qui comptaient jusqu'à 3 000. Revoir les femmes que j'ai aimées. Retrouver l'instant très précis où le charme s'est noué, puis rompu, mais cesse-t-on jamais d'aimer ? La douceur des tempêtes apaisées – je suis, finalement, si fidèle.

Me concentrer sur mon corps, à nouveau. Les jambes. Les pieds. La tache de naissance sur le mollet gauche. Le dessin noueux des rotules. Leur double cicatrice. Le tibia. Le péroné. Le canal lombaire, il paraît qu'il est trop étroit et que, s'il se rétrécit encore, je finirai en chaise roulante. Le sexe bien sûr. Le point où commence le plaisir et celui où il se change en regret. Le torse. Le nombril. La racine des cheveux. L'auto-examen de Leiris dans *L'Age d'homme*, mais sans miroir, de mémoire, dans le noir, l'entière surface du corps en même temps que ses matières.

Descendez en vous-même, disent-ils. Dans votre corps, mais aussi dans votre âme. Pensez que vous êtes un explorateur. Ou, mieux, un scaphandrier partant explorer vos profondeurs. Beurk ! C'est ce que demandait Charcot aux hystériques de la Salpêtrière photographiées en continu et, comme moi, si j'avais accepté d'offrir mes symptômes à la science de la Mayo Clinic, transformées en bêtes de cirque. A part se frotter les pieds avec du vinaigre, les tremper dans de l'eau de moutarde ou le coup de la peau de chamois dans les draps, je crois que j'ai tout essayé. Tout. Mais ça ne sert à rien. Ça ne marche pas mieux que la lecture des « Articles non recueillis » de Mallarmé. Ce soir, j'ai une autre idée. Les morts. Je vais, pour changer, essayer de me concentrer sur les visages de mes morts. Qui sait ?

J'entends un bruit de fourmis. Un bris de verre pilé. Un robinet qui goutte. Une respiration derrière le rideau. Une ancienne syllabe. Un sanglot. Puis, rien. Les voici.

3

Paul, notre tête d'or, la première fois que je l'ai vu, locaux du *Canard enchaîné*, lancement du *Quotidien de Paris*, crinière de feu, on aurait dit un incendie... Lacombe, larron magnifique à qui je donnais, entre deux retours en prison, ma petite Justine à garder... Bérès qui professait que, pour un homme de sa trempe, la seule mort accidentelle serait de mourir dans son lit... La mélancolie de Massoud... Le sourire confus de Marie-France, tendu comme un nerf à vif... Isabelle, dans le ciel, la dernière des surréalistes... Benny, 1966, le jour de notre rencontre dans le bureau d'Althusser, avec son œil qui avait déjà tout vu et, à la fin, à Jérusalem, entre deux leçons de Talmud, le même regard revenu, comme pour dire qu'un homme n'est jamais quitte de celui qu'il a été... Jean-Luc, avec ses rêves d'avion et cet oiseau, sorti de nulle part, posé sur son épaule... Françoise, l'éditrice géniale qui débrouillait les écrivains mais ne lisait pas leurs manuscrits... Jean-Claude, mon autre éditeur : je suis l'un des rares à l'avoir connu bavard et à l'avoir vu, quand ? passer au muet… Butel : son visage de loup famélique car la vie, la vraie, était toujours remise à plus tard, comme un éternel commencement, éternellement repoussé… Pierre : le style fait homme, la plus douce des *dolce vita*, des jardins (Majorelle) faits pour aboutir à un beau cénotaphe… Lanzmann : je l'avais, dans mon discours aux Invalides, comparé à Orphée allant chercher son Eurydice aux six millions de visages assassinés – je le vois, ce soir, tel un Hercule furieux et, comme il le disait, « enfouraillé », flinguant les antisémites et les lâches. Et Dominique-Antoine G. : « allô, Gribouillis ? mon ordi a planté ! » et j'ai, toute une vie, attendu ses *Propos barbares*.

Je vous salue, Florence, au patronyme glorieux et aux yeux, non de tourterelle, mais de mouette devenue muette… Philippe, éternel Directeur, votre malice émerveillée, votre crime de rire et d'être libre… Et André G., frère en nouvelle philosophie, avec sa rage d'enfant revenue chaque fois qu'il prenait la parole et sa voix qui tremblait un peu… Et toi, Jorge, Grand d'Espagne : tu disais « notre guerre » quand tu parlais de la guerre d'Espagne, et cela me flattait… Et Otelo, Grand de France et du Portugal, maître d'une Fronde lusitanienne qui, les soirs où tu étais très saoul, te faisait voir les caravelles du roi Sébastien cingler sur le Tage… Et vous aussi, Samir, avec votre rire de poudre et de colère, votre avidité joyeuse quand, sortant des prisons croates, vous avez été affecté au tournage de *Bosna !* et, à la fin, c'était si triste, votre bras de cogneur devenu de paille… Et Jean, je vous salue aussi, roi secret de ce temps-là – vous me rappeliez mon père, vous le saviez, vous en jouiez… Et lui, bien sûr, mon père, depuis le temps qu'ils me disent tous : « un livre sur ton père… ses secrets… son secret… le tien, en conséquence… c'est ça qu'il faut écrire… il est là, le rendez-vous… ».

Mais ça non plus, ça ne marche pas. Il y en a trop. Je suis cerné. Ce n'est plus mon téléphone – resté, lui, bien éteint ! – c'est ma tête qui est un cimetière. Spectres exténués ou vivaces… Apaisés ou fâchés… Les morts, les pauvres morts… Et maintenant Delon avec sa gueule d'ange accrochée à sa vie fracassée… Je ne peux pas. Ça bouge trop. Je tends la main. Bois une gorgée d'eau. Je sais que cette nuit sera comme les autres nuits et que je n'y arriverai pas. J'aurais mieux fait de rester dans mon bureau. C'est trop tard.

4

Quand ai-je perdu le sommeil ? Je ne sais plus. Ce n'est pas clair. Quand je fouille dans ma mémoire, je vois des plages de temps où il me semble que je dormais. Côte amalfitaine, lumière oragée de fin d'été, attachement jeune et sans âge, elle, A., amour de ma vie, volupté… Un été à Carros, plus tôt, compagnie des amis, maison de faïence sur la colline, insouciance, sommeil sûr dans un corps sain, ermite heureux… Ou l'époque, encore avant, où j'errais chez les unes et les autres, ma brosse à dents dans la poche, Justine dans les bras – tant de chaos dans mon existence et c'est pourtant, je crois, l'une des rares périodes de ma vie où j'entrais dans le sommeil comme on entre dans un bain… Et, encore plus contre-intuitif, avec Gilles, les nuits de Sarajevo : c'était comme au temps où on n'avait pas un sou en poche et où, à Cannes, quand on avait fini de draguer les starlettes, on dormait à la belle étoile, sur les plages, après que les étudiants, engagés le temps du Festival, avaient rangé les derniers matelas et que la nuit avait repris la mer – alors là ! Sarajevo !

on choisissait, à l'Intercontinental, la mauvaise aile, face aux collines où étaient postés les snipers serbes, parce que les chambres ne coûtaient rien et j'ai l'impression que je dormais.

Mais je me vois aussi, sur le tournage de mes autres films, interdit de somnifère par mes fixeurs, car on ne sait jamais si on ne sera pas forcé, en pleine nuit, de décamper et incapable, pour cela, plusieurs jours de suite, de fermer l'œil. Je pense à mes fins de livres, tous mes livres, quand la machine, lancée à plein régime, ne parvient plus à refroidir. Et puis, encore avant, bien avant, au tout début, la préparation des concours, shooté au Binoctal pour m'endormir, au Maxiton pour me réveiller. Proust choisissait bien son somnifère en fonction de la sorte de nuit où il voulait entrer. Je suis le chimiste de moi-même, disait-il. Je suis, avec mes mélanges de belladone et de datura, de Trional et de Tétronal, de perles d'amyle et de sirop d'éther, le jardinier de mes rêves et de mes réveils. Je n'avais pas vingt ans. Mais je me prenais pour Proust. Je jardinais, moi aussi, mes variétés d'opiacés, d'œillets et de pensées de la nuit ou du matin.

Je buvais, en ce temps-là. J'étais capable d'absorber de folles quantités de vodka ou de whisky.

Mais pas par laisser-aller. Par calcul. Méthode. Pour me changer l'humeur. Me rhabiller l'âme et le corps. Je ne buvais pas pour me perdre mais pour demeurer maître de moi-même comme de mes métamorphoses et, donc, me trouver. Eh bien pareil avec les somnifères. J'étais capable de tout pour convaincre Benesti, le pharmacien de Neuilly, celui de *Comédie*, dont ma mère m'avait supplié de changer le nom, de me fournir sans ordonnance la substance dernier cri qui allait me permettre de calculer et doser mon sommeil – puis, à coups de Dinintel, Ritaline ou Dexedrine, mon réveil. C'est ça, la vérité. Il y a eu des périodes, bien sûr. Des parenthèses. Les cures d'ibogaïne, rapportée du Mexique ou du Gabon, qui me désintoxiquaient de tout. La volonté de guérir qui, parfois, a payé. Et puis Positano donc, et la rencontre prédestinée. Mais, depuis longtemps, je me suis couché et n'ai pas su m'endormir sans substances. Si loin que je me souvienne, j'ai eu le sommeil détraqué.

5

Sollers avait une théorie. On se connaissait à peine à l'époque. Je lui avais juste lu, à haute voix, intégralement, tous les jours d'une entière semaine, *La Barbarie à visage humain* et il avait lu, grand bien lui fasse, c'était si lourd ! *Les Indes rouges*. Mais il avait une théorie.

Le problème c'est que tu en as trop vu, me disait-il, sur ce ton elliptique, un mot sur deux, presque du morse, qu'on a tout de suite adopté et auquel on s'est tenu jusque, vers la fin, depuis son lit de mort, notre dernier téléphonage. Les cadavres… Les charniers… Cette aventure mystérieuse, peu ordinaire, dans ce pays impossible qu'est ton Bangladesh… Ho, ho ? hé, hé ! Tu me suis ? Tu m'entends ? Comment veux-tu dormir, après ça ? Est-ce que ce n'est pas un coup à se déboîter le sens du bien et du mal – alors, à plus forte raison, celui du jour et de la nuit ?

Le pire, c'est que, quand il me disait ça, il n'y avait eu, dans ma vie, que le Bangladesh et je dormais encore un peu. Mais, après, vinrent l'Ethiopie. Le Darfour. Les cadavres en rondelles des bébés de la Mitidja. La Bosnie, bien sûr. Le regard surpris des jeunes morts de Dobrinja. Les femmes qui tombaient sans se relever, dans les colonnes de Gorazde, grelottantes dans la chaleur sèche. La sotte idée que la mort, parce qu'elle transforme la vie en destin, lui donne un visage apaisé. Et puis mes guerres oubliées. Les soleils pâles de Luanda. Les ruines fleuries de Mogadiscio. L'héroïque endurance des Kurdes face à Daech. L'Ukraine, maintenant. Et, au lendemain du 7 Octobre, les kibboutzim pogromisés d'Israël.

Est-ce qu'on peut dormir du sommeil du juste quand on a vu une manifestation d'affamés à Harar alors qu'on venait pour la maison de Rimbaud ? Ou des soldats pakistanais continuer de jouer au cricket, un masque chirurgical sur le visage, pendant que pourrit, à quelques mètres, le cadavre éventré de leur officier ? Et est-ce que ça ne tape pas sur le système, maintenant, d'avoir été parmi les premiers à entrer, au sud d'Israël, dans Kfar Aza ? Les cadavres avaient été enterrés. Mais c'étaient des bouts de corps. Des mains, des orteils, des morceaux de cervelle non attribués et rassemblés dans le hangar où le kibboutz, d'habitude, stockait ses récoltes de légumes. Et c'était presque pire.

Sollers n'avait pas tort. Il faut toujours rappeler ce que l'on doit à un ami disparu, de surcroît grand écrivain. Les gens pensent que je fais le malin quand je dis que j'en ai trop vu. Mais non. Pas tant que ça. Je me rappelle, dans ma jeunesse, les *avant-gardistes* qui en faisaient des caisses sur le thème la littérature et le mal, l'envers secret des choses, le fond noir de l'humain et l'éclair blanc de la vérité. Je suis désolé. Et je ne veux pas la ramener. Mais s'il y en a un qui sait, qui a vu et entendu, qui a encore dans l'oreille les pleurs de cette maman de Petropavlivka qui avait vu le souffle d'un obus lui arracher des bras son enfant, s'il y en a un qui a, dans l'œil, l'effroi des volontaires de Chasiv Yar quand a surgi, un kilomètre devant, reconnaissable à son aérienne architecture, la fumée d'un gaz interdit balancé par les Russes, s'il y en a un qui s'est attardé quelques secondes de trop sur ces bouts de corps de kibboutzniks qu'il lui est ordonné de réassembler mentalement, certaines nuits, tel un lugubre puzzle, je crois, hélas, que c'est moi et ce n'est pas évident de retrouver le sommeil après ça.

6

Il y a une autre façon, moins « moi je », moins « baroudeur qui en a trop vu pour dormir normalement », de dire la chose. C'est celle de Stefan Zweig dans *Le Monde sans sommeil.* J'ai longtemps cru, sans l'avoir lu, que c'était un texte de 1938. Mais non. 1914. Ce n'est pas lui, Zweig, qui ne dort pas. C'est le monde. Ceux qui veulent vivre et ceux qui vont mourir. Les naufragés de demain et les rescapés d'après-demain. Tous ceux qui, comme lui, devinent la boucherie qui vient, les armes nouvelles, les millions de morts et, en prime, le deuil du « suprême idéal intellectuel » qu'est l'Europe. Plus longs les jours, dit-il, plus longues les nuits. Les deux à la fois, vraiment ? Comment est-ce seulement possible ? Le sommeil est-il permis quand c'est le temps qui se dérègle ? Et peut-on faire comme si de rien n'était, boulot-bistro-dodo, quand mugissent dans les campagnes de féroces ennemis et qu'on attend d'un écrivain qu'il sonne le tocsin ?

C'est pareil, de nos jours. On ne dormait pas sur le Maïdan. Ni dans le bunker de Zelensky.

Ni dans les bureaux de Saakachvili, en Géorgie, où m'avait introduit Glucksmann le Jeune. On ne dort pas quand on attend, d'un jour à l'autre, le déferlement des légions de Poutine. Est-ce que les révolutionnaires français dormaient ? Danton, oui. Mais on a vu ce que ça lui a coûté. Et, quant à La Fayette, on l'appelait le général Morphée, ou le général Quidor, et c'est peut-être ça qui, alors qu'il partait fort, l'a stoppé dans son élan. Robespierre, lui, ne dormait pas. Ni Saint-Just. Ni Marat qui prétendait veiller jour et nuit pour que vive la patrie. Ni Bonaparte cultivant, dès le pont de Lodi, sa légende d'homme qui ne dormait jamais. Nulle part vous ne verrez une image d'eux, comme Louis XVI, en bonnet de nuit et en chemise. Ou alors, oui : mais c'est Waterloo où l'Empereur, cette fois, avait dormi…

C'est ça l'esprit de 89. Comme, d'ailleurs, de 68. Il ne serait venu à l'idée de personne, à la Sorbonne, de dire « je suis crevé, je vais me coucher ». Ni avant et après la prise du palais d'Hiver ou d'Eté. Ce n'est plus ma tasse de thé, ces histoires de grand renversement. Et je plaide, depuis cinquante ans, que c'est toujours à son détriment qu'on change l'homme « en ce qu'il a de plus profond ». Mais les révolutions ont leurs lois et ne pas dormir en est une. Et, révolution ou non, l'une des caractéristiques des vrais moments d'Histoire est qu'ils imposent un devoir d'insomnie. Je sais, ça fait pompeux. Mais n'est-ce pas la tyrannie, la barbarie, qui reviennent à toute pompe ? Puis-je décemment dormir, après tout ce que j'ai écrit, quand la Russie, l'Iran, la Chine, la Turquie, l'islam radical, terrorisent les démocrates ? Et quand, dans mon pays… ?

Ah ! Ça me dégoûte, ce qui se passe dans mon pays. Cinq accords suffisent, dit une croyance toltèque, pour détacher l'âme d'un corps. Cinq lettres, ici, suffisent, celles de LFI et du RN, et c'est l'âme de la France qui se détache. Et qu'on ne vienne pas me faire le coup de la faute aux élites dures de la feuille qui n'ont pas su entendre le message de détresse du peuple. Les gens savent ce qu'ils font. Pauvres en esprit peut-être, mais responsables de ce qu'ils veulent et votent. Ne disais-je pas, dans *Hôtel Europe*, qu'il m'arrive de rêver, moi qui ne rêve jamais, de changer de peuple ? Indicible, évidemment. Et pas vraiment vrai. Je ferais mieux, pour me calmer, de me relever et d'aller faire quelque chose : salle de bains, encore bureau, salle à manger, cuisine, n'importe – il n'est jamais trop tard pour rien.

7

D'autant que Robespierre, si ça se trouve, dormait quand même un peu. Et Lamartine, à coup sûr, quand un serviteur vient le réveiller, lors de la révolution suivante, en 48, pour l'informer que la place de Grève est remplie de combattants chancelants de froid et de vin. Et Alexandre, et Pompée, et Caton d'Utique, dont Montaigne note qu'ils n'entrent jamais « en cervelle », autrement dit qu'ils ont, même à la veille des batailles, un sommeil impeccable. Et Byron dans sa maison de Missolonghi, aux fenêtres sans vitres et aux sofas transformés, la nuit, en lits où il dort bien mieux qu'à Londres. Sans parler de mes camarades de reportage qui pioncent, eux, tranquillement tandis que je me condamne, faute de pilules, aux insomnies. Marc et Olivier, grands pros. Nestor et Iaroslav, cameramen courageux. Serge. Non. Serge est peut-être insomniaque lui aussi. Dans les « hôtels » ukrainiens où, pour nous laver et récupérer, il nous arrivait de passer une nuit, il avait, par prudence et fraternité, toujours la chambre à côté de la mienne et je l'entendais, à travers la cloison, téléphoner, palabrer, préparer le tournage du lendemain, veiller. C'est lui qui m'a fait remarquer que l'Etranger de Camus dort.

Ah ! L'énigme Serge… J'ai, depuis vingt ans, deux nouveaux amis très mystérieux qui sont devenus, tous deux, des frères en esprit. Serge, donc, et Jean-Baptiste qui, lui non plus, à Amsterdam, sur sa péniche, ne dormait pas et avait inventé un système semblable à celui d'Alexandre serrant une balle de plomb tenue au-dessus d'une bassine et la laissant tomber, en cas d'endormissement, avec un bruit de tonnerre. Maintenant qu'il a vengé sa race et racheté les terres de la Dombes où ses ancêtres furent humiliés, il a été ordonné prêtre et est retourné (Kafka) dans l'arche obscure. « Allô, tu dors ? – Tu rigoles ! ». Je lui envoie mes blocs-notes. Lui m'envoie les homélies qu'il prononce, chaque dimanche, dans sa chapelle vide, en aube blanche, devant ses chèvres, sa femme (il a démarré gallican, puis est passé anglican) et un métayer à la foi de charbonnier. Je crois qu'il ne dort toujours pas.

Mais Gilles, lui, comme Marc, dort. C'est une chose qui m'a toujours fasciné. Nous sommes près de Bakhmut, dans un bunker, pendant qu'un duel d'artillerie fait rage au-dessus de nos têtes. Ou à Zaporijjia truffée d'agents russes, seuls clients d'une maison d'hôtes où une babouchka à l'œil torve n'a qu'un coup de fil à donner pour nous dénoncer et faire son année. Ou, au fin fond des monts Nouba, le bimoteur nous a droppés, les bombardiers soudanais ont aussitôt pulvérisé la piste et Dieu seul sait quand, comment et où un nouvel avion viendra nous rechercher. Et mon Gilles, la tête sur l'oreiller, ou sur son manteau plié, ou sur la musette d'un soldat d'escorte, ou sur une ration enveloppée dans un chiffon à cambouis, s'endort comme un enfant.

Exemples et contre-exemples. L'un et l'autre est vrai ou sont vrais. Le mot est-il de Boileau ou de Vaugelas ? Sollers ou pas Sollers, la piste n'est pas la bonne. On n'explique pas une insomnie par le mauvais bruit qu'ont laissé, dans une tête, un sifflement d'obus qu'on a d'abord pris pour un cri d'oiseau, un corps à corps pour une bagarre d'ivrognes ou un cadavre, dans une tranchée abandonnée, pour la dépouille d'un animal crucifié – on n'est pas devenu insomniaque parce qu'on a trop fait de reportages.

8

Il faudrait, pour bien faire, mener une enquête. Comment font les gens ? Pas les combattants dans les tranchées, les civils sous les bombes, les héros. Ceux-là développent des sens, des réflexes, des systèmes nerveux spéciaux. Et ce n'est pas représentatif.

Les insomniaques non plus, ce n'est pas la peine. Car eux, c'est facile. C'est une famille. Ils se reconnaissent au premier coup d'œil. Peut-être pas un attouchement, un signe de la main ou les pieds en équerre, comme les maçons. Mais un regard fiévreux. Ou, au contraire, les yeux trop secs. Ou des impatiences sans raison. La famille magnifique et lamentable des nerveux, disait Proust. Et le répétèrent après lui Saint Laurent et Pierre Bergé dont ce fut le grand argument – on ne veut pas un mannequin ! on veut un nerveux, un artiste ! – quand ils sont venus me proposer la campagne de pub de *Jazz*, leur nouveau parfum. Mais qu'avais-je, pour cette enquête, à tirer d'eux ?

Je devais, selon le storyboard, être nu, une serviette éponge autour des reins, et sauter à pieds joints, à moitié en biais, en criant « Jazz ». C'est impossible, je leur ai dit. J'ai déjà fait assez de conneries comme ça, avec mes frasques isabelliennes, puis cette adaptation d'*Aurélien* d'Aragon où je jouais l'une des premières scènes d'amour un peu osées de l'histoire de TF1 et qui, malencontreusement diffusée peu après la sortie de *La Barbarie à visage humain*, m'a valu un titre, et un article, assassins de Louis Pauwels dans *Le Figaro Littéraire* : « Un philosophe sans caleçons ». La sainte famille, non des jazzmen, mais des nerveux et des insomniaques, bien sûr que j'en suis, je n'ai pas le choix. Mais *so what ?*

So, Proust ! m'avait répondu Pierre. Et Kafka. Et l'insomniaque professionnel, Pessoa, qui pensait que, même mort, il n'arriverait toujours pas à dormir. Et Balzac et Cary Grant. Et les saints qui, comme Catherine de Sienne, ne dorment qu'une demi-heure tous les deux jours. Ok, avais-je rétorqué, jouant le jeu et allongeant sa liste de quelques autres saints et grands paranos style Richelieu. Plus, si Pierre vivait et que nous prolongions toujours, tard dans l'après-midi, nos déjeuners facétieux, François C., le veuf, l'inconsolé, dérangeable à toute heure (allô, François ? j'ai un problème avec Word… mon manuscrit s'est effacé…) ou d'autres amis de la nuit, tel le jeune monarque éveillé dont je vois, de ma fenêtre, la dernière lumière s'éteindre (je sais qu'il passe à l'« aile Madame » où il va en allumer une autre). Mais je répète : c'est comme pour *Jazz* – trop spécifique pour une enquête.

Vous aussi, m'a-t-il texté, un soir où il ne devait plus y avoir grand monde sur la ligne ? A quoi tiennent les choses… Parfait sur l'Ukraine. Désolant sur Israël. Impeccable sur les Kurdes depuis ce jour d'octobre 2017 où il fut seul, sans Trump, à bloquer le blocus décidé par l'Iran, l'Irak, la Turquie, la Syrie. Et le rempart, jusqu'ici, contre les lepénistes et les mélenchonistes. Les gens se font des films. Ils imaginent des conciliabules. Des visiteurs du soir. Des rapprochements idéologiques programmés. Alors qu'on est juste des frères en insomnie qui n'ont rien de mieux à faire, à partir d'une certaine heure, que d'échanger sur Telegram.

Non. L'important, c'est les autres. Les normaux. Les hors confrérie. Et, si possible, ni présidents, ni saints, ni écrivains, ni amis. C'est auprès d'eux qu'il faudrait se renseigner.

9

Je ne vais pas poser la question franco de port naturellement. Je ne vais pas dire : « comment vous faites, vous, pour dormir ? comment ça marche ? quel est votre secret ? » Et je ne vais pas, non plus, les espionner, ou la jouer « bonjour, c'est pour une enquête, un sondage, une histoire de l'insomnie ». Je vais y aller en douce, mine de rien, subtilement. Mais, à vue de nez, dans l'état actuel de mes renseignements, j'ai déjà compris ceci. Les gens peuvent être riches ou démunis. Puissants ou sans pouvoir. Sereins ou fiévreux. Juifs ou grecs. Nerveux ou pas. Cathos ou non. Il y a un point commun. Ils ont des emmerdes. Des soucis. Des pensées noires qui les assaillent. La vie chère pour les uns. Un enfer plus doré pour les autres. Ils ont des chagrins d'amour. Vivent des drames grands ou petits. Ils portent des secrets trop lourds pour eux et ont, parfois, l'envie de tout envoyer promener. Or il y a toujours un moment où ça s'arrête. Il y a toujours un stade où, mécaniquement, fatalement, comme s'il y avait là une loi de même force que les lois de la chute des corps, de la relativité ou des révolutions, ils se calment, s'écroulent, coupent les machines, se crashent, entrent dans la nuit.

Il y a une formule pour ça. Je *tombe* de sommeil. La nuit tombe et je tombe aussi, mais de sommeil. Déjà, « la nuit tombe », j'ai toujours trouvé ça bizarre. Mais tomber de sommeil, c'est pire. Ça me terrorisait quand j'étais enfant et que j'entendais ma grand-mère, presque cent ans, presque aveugle, et illettrée, se lever, après dîner, en disant, avec la pointe d'accent ladino, chantant et doux, qu'elle a conservé jusqu'au bout, « je tombe de sommeil ». Je l'imaginais, rentrée dans sa chambre à petits pas et tombant dans un trou, un puits, un vide – ses longs cheveux étrangement noirs (qu'elle n'a jamais teints ni coupés et que je n'ai vus que retenus par des peignes d'écaille bruns) flottant autour d'elle comme ceux d'une noyée.

Mais, en même temps, c'est un fait. Que cela me plaise ou pas, c'est comme ça que ça se passe. Le Grand Condé est, d'après Bossuet, tellement épuisé, tenant à peine debout, qu'il dort avant la bataille de Rocroy. Et même Napoléon, celui d'avant Waterloo, avait un lit de campagne, en toile et métal, qui le suivait partout, dans un chariot dédié et où il piquait, avant chacune de ses batailles, un tout petit somme, au bivouac, au pied d'un arbre. N'est-ce pas ce que je disais moi-même à mes enfants du temps où ils n'étaient pas informés de cette maladie de leur père et où j'avais peur de la leur coller ? Pas de chimie, les enfants. Surtout pas. Le sommeil finit toujours par vous tomber dessus. Toujours. C'est la nature. C'est scientifique. Il faut juste être patient et se dire : pas grave ! un mal pour un bien ! j'en profite pour lire un livre que je n'aurais peut-être pas lu sinon ! un livre bien dense ! bien serré ! le *Mallarmé au tombeau*, par exemple, de mon cher Jean-Claude Milner ! savez-vous que même les condamnés, dans les couloirs de la mort, finissent toujours par s'endormir ? ou Akim Akimytch, bagnard chez Dostoïevski, qui, travail fini et prières dites, s'étend sur sa couche et s'endort ? Le fait est que ça a marché et qu'ils semblent avoir, eux, un sommeil à peu près normal.

10

Non. Le problème c'est moi. Je suis bon en théorie, mais nul en travaux pratiques. Je m'affole.

Je perds les pédales. Tout prend des proportions. Les amis malades. Le réchauffement climatique. La fermeture, à Tanger, du dernier restaurant où j'allais avec Paul Bowles. L'*andante* du temps qui passe. Justine qui ne rappelle pas. Ou l'angoisse de ce rendez-vous de demain. Je n'arrive pas à endiguer le flot des idées noires. Ni des idées tout court. C'est une farandole. Une sarabande. Quelque chose s'est déréglé, je ne sais pas quoi, mais je le sens, dans l'horloge intérieure qui fait que la pensée du jour se met en veille et qu'on entre dans la nuit.

Il doit y avoir une manette de sécurité, quelque part. Ou, comme dans les trains, un frein d'urgence. Ou une touche *off*. Ou un bouton pause. Je n'ai aucune espèce d'information, cela va de soi, sur la dernière nuit des condamnés et je ne disais ça que pour frapper l'imagination des enfants. Mais je tiens de Michel Leiris, qui le tenait de Marcel Mauss, que les guerriers mongols et huns dormaient, au galop, sur la selle de leur cheval. Et j'ai vu, à Kramatorsk, dans le Donbass, en 2016, les vieux soldats de la jeune armée ukrainienne dormant debout, adossés aux murs de leur caserne, une nuit où un missile Smertch russe était tombé sur la ville et où je m'étais, avec le président Porochenko, rué auprès des blessés.

Mais, chez moi, ça ne marche pas. Les touches *pause* et *off* sont désactivées. Le code a changé. La vieille algèbre s'est brouillée. Pourquoi y a-t-il de l'être plutôt que rien, demandaient mes professeurs de khâgne ? Moi, aujourd'hui, c'est : pourquoi y a-t-il du sommeil plutôt que de la veille ? et comment dormir est-il possible ? Chez moi, c'est impossible. Ma vie est une logorrhée, un bavardage ininterrompu, une prise sans fin, personne pour dire « Coupez ! ».

N'est-ce pas, au fond, ce que savait Lacan ? C'était l'époque où aller à La Joie de Lire piquer les livres de philo qu'il fallait avoir lus était un acte de dévotion quasi quotidien du philosophe. Soyons précis ! Il y avait deux aristocraties étudiantes. La trotskiste et la maoïste. François Maspero, propriétaire de La Joie de Lire, étant trotskiste, ses camarades préféraient se fournir à la Librairie des PUF, place de la Sorbonne, sous le regard sévère d'Auguste Comte. Mais les maos où j'avais, Benny Lévy oblige, quelques-uns de mes vrais camarades, lançaient, quand hésitaient les scrupuleux : « laisse tomber, c'est un trotskard ». Et me voilà, un soir d'hiver 1967, sortant avec Isabelle du Séminaire, rue d'Ulm où je ne suis pas encore entré, filant chez Maspero, rue Saint-Séverin, et fourrant le gros volume des *Ecrits*, Le Seuil, 890 pages, dans la poche intérieure de ma parka.

L'inconscient ne se tait jamais… On ne rêve pas seulement quand on dort et on ne dort pas forcément quand on rêve… L'inconscient, c'est l'hypothèse qu'on rêve aussi éveillé… Ces sentences lacaniennes ont chamboulé mes préjugés de bonne âme cartésienne et m'ont marqué à vie. Car quelle différence, alors, entre veille et réveil ? Et pourquoi s'embêter à dormir si c'est le même inconscient qui, dans les deux cas, parle, se dérobe, se cogne au réel et vous trahit ?

C'est un comble pour quelqu'un qui a déclaré, un jour, qu'il ne « croyait pas » à l'inconscient. Mais va savoir si ce n'est pas, aussi, ce qui s'est passé… si ce n'est pas dans cette région de mon existence que quelque chose s'est, également, grippé… peut-être ai-je perdu le sommeil comme d'autres la vue ou l'odorat…

11

Un vent léger s'est levé. La fenêtre s'étant trop ouverte, j'entends frissonner les branches des marronniers. Je sens que le rideau, lui aussi, va s'ouvrir. Et je me lève donc une nouvelle fois (sans faire de bruit, sans presque remuer les draps, tout mon soin mis à ne faire aucun geste pouvant réveiller A. qui, elle, semble dormir) pour ajouter mon Mallarmé à la pile de livres qui, pour l'instant, tient bon – mais jusqu'à quand ?

En voilà, un sommeil délicieux. Et, surtout, tellement harmonieux. Encore que… Faudrait voir… Art de la double ou triple méprise… Et, dans son cas, regardant sa propre part d'ombre, une si étrange courtoisie… N'est-ce pas Beauvoir qui dit que le mystère de l'incarnation se répète en chaque femme ? Et ai-je jamais vu, franchement, un sommeil si mystérieux ?

J'avais été sidéré, la première nuit, à Milan, après la rencontre devant la Scala. C'est vrai qu'on n'avait pas beaucoup dormi. Mais il y a quand même eu quelques heures, après l'aube et avant que je ne la raccompagne à son hôtel, époumoné de plaisir, avec décision prise, entre moi et moi, de ne plus jamais la revoir. Ce qui m'avait sidéré c'est qu'elle était capable, sans se réveiller, de se remettre du rouge à lèvres. Ou une goutte de son parfum magique sous l'oreille. Après, quand j'ai cédé à mon désir et renoncé à mon idée de ne jamais plus la rappeler, je pouvais, quand j'étais jaloux, lui poser une question dans son sommeil et elle était capable de me répondre. Un murmure, d'accord. Un soupir. Il fallait lui faire répéter. Mais elle répétait. La vérité ? Je ne sais pas. Mais elle parlait. J'ai même cru, un moment, à une forme de somnambulisme. De même que j'ai cru, vraiment cru, à cette histoire de sœur jumelle qu'elle prétendait être, certaines nuits, pour vérifier – comment dire ? – si je me ressemblais toujours moi-même et, en vérité, si je la trompais…

Deux manières de parler et de s'habiller. Deux façons légèrement différentes de tenir sa cigarette. Deux voix, modulation plus courte, corde pincée, quand elle feignait d'être l'autre. Et, preuve ultime, deux érotismes imperceptiblement distincts. La seule chose qui l'a trahie c'est ce sommeil identique qu'elle avait dans ses deux rôles et cette même façon de murmurer, à la demande, sans desserrer les lèvres. Je ne le lui ai pas dit tout de suite. Je me suis gardé de m'étonner que deux jeunes filles, même jumelles, puissent avoir en partage semblable singularité. Et c'est moi qui, ayant compris le subterfuge, ai mené le jeu pendant quelques jours alors qu'elle m'avait, elle, possédé plusieurs semaines.

Ce soir par exemple. Je sens bien qu'elle est entre deux songes, qu'elle a frémi quand je me suis levé, paupières pensives, le souffle pas absolument régulier, la main qui tâtonne vers le pinceau de lumière fait par ma lampe de lecture et tape doucement sur le drap. Elle guette, en fait. Elle veille à demi. Jadis, elle tenait un cahier des rêves sur lequel j'avais eu le grand tort de tomber. Tiendrait-elle, aujourd'hui, un cahier de mes nuits surveillées ? C'est le titre d'une revue levinassienne *vintage*. Le lui dire ? Elle ne s'endormira vraiment qu'une fois pris le comprimé magique et mon endormissement assuré. Et, en même temps, qu'en sais-je ? Pourquoi n'aurait-elle qu'une sorte de sommeil ? Et que sait-on, disait une autre émerveillée, de l'air qu'ont les êtres quand on ne les regarde plus ? J'ai bloqué la fenêtre. Je reviens me coucher.

12

Car ça ne peut se terminer que comme ça. C'est tous les soirs ainsi, avec le comprimé magique, que se conclut la partie quand je sais, primo, que je suis trop fatigué pour lire ou écrire ; secundo, qu'il faut absolument que je dorme, ne serait-ce qu'un peu, si je ne veux pas me traîner, être trop à l'ouest pour un rendez-vous important du genre de celui de demain matin, craquer ; tertio, que je n'arriverai à rien en comptant les moutons, en revoyant mes amis disparus ou en récitant des poèmes de Mallarmé ou Baudelaire que j'ai à moitié oubliés.

En suis-je là, cette nuit ? Pas sûr. Et il me reste peut-être assez d'esprit pour me demander si *Les Dieux antiques* ne seraient pas, quand même, un prélude à *L'Après-midi d'un faune* ou entrer dans le nouveau manuscrit de Nathan que j'attendais impatiemment. Mais admettons que oui. Supposons que, pour être bien en forme, demain, au méga-rendez-vous, je me résolve à avaler l'une des pilules que me fourguent les successeurs de Benesti et que je serre bien pieusement dans l'armoire aux poisons de ma salle de bains. Là, plus de problème. Ce sera mécanique. Automatique. Le compte à rebours sera lancé. J'en aurai, selon la substance choisie, pour une grosse trentaine de minutes. Autrefois, c'était moins. Mais le temps s'allonge avec les années. Et ce sera un coup de massue. Ou une anesthésie. Et ça ira forcément, inexorablement, au bout.

J'ai joué au plus fin, une fois, avec une anesthésiste que je trouvais jolie et que j'avais mise au défi de vaincre ma résistance. J'ai gagné quoi ?

Cinq secondes. Peut-être dix. Après quoi rien. Zéro souvenir. Juste la dernière image, comme en rêve, d'un visage déformé au-dessus de moi – et puis, dans un fouillis de ténèbres aux teintes nuancées, un bruit qui me tombe sur la tête et m'assomme.

Mon dernier rêve pour une anesthésiste ? Non. La bonne comparaison, c'est avec un suicidé qui ne peut plus reprendre son coup et revenir en arrière. Il y a un cas, à ma connaissance. Un seul. Celui de Michel Leiris. Il ne sait pas comment se sortir d'un amour clandestin, inavoué et qui se complique. Alors, il absorbe une barre de somnifères. Meurt. Mais, juste avant de mourir, il va s'allonger près de sa femme qui dort dans l'autre pièce et lui dit : « voilà, je t'ai trahie, je me suis suicidé, je t'aimais, c'est fini ». Elle appelle les pompiers et le sauve.

Romain Gary, lui, personne n'a pu le sauver. Je lui avais, lors de notre dernier déjeuner, celui que je raconte dans *Solitude d'Israël*, fait le même sermon qu'à mes enfants. « A la poubelle, les *sopos* ! Tu finiras toujours par t'endormir ! » Il m'a appelé le surlendemain pour me dire « merci, ça a marché ». Quelque temps après, il était mort car le revolver, aussi, avait marché.

Je ne sais plus dormir que comme ça. Je me marre quand on me recommande de retrouver mon « sommeil naturel ». Vous les trouvez naturels, vous, vos rituels d'endormissement ? Et vos cérémoniaux grotesques ? Et c'est à moi qui ai connu Canguilhem, alias « le Cang » de la rue d'Ulm, le maître de nos maîtres, le seul qui en contât à Derrida, Althusser et Foucault réunis, le théoricien génial du normal et du pathologique auquel j'ai consacré mon premier Mémoire de philosophie, c'est à moi que vous allez faire le coup de l'insomnie *pathologique* et de la propension *normale* à tomber de sommeil ? Un coup de chimie et c'est réglé. La seule question, c'est si je veux. Il est minuit. Le rendez-vous est à 9 heures. Il y a encore du temps. Et je serai peut-être en forme sans dormir. On verra.

CHAPITRE 2

Insomnie, insomnie chérie

1

Car, en plus, je suis contre le sommeil. Ça peut sembler bizarre dit comme ça. Mais c'est la vérité. J'ai écrit une pièce de théâtre, au début de la guerre de Bosnie, où le personnage le disait expressément. Il s'appelait Anatole. Comme le Anatole de Mallarmé. Je n'avais pas idée, à l'époque, que j'aurais un petit-fils, un jour, qui s'appellerait Anatole. Ni un autre, Lucien, comme Lucien Bodard (mais qui se souvient de Lucien Bodard et de ses yeux mi-clos d'alchimiste qui a renoncé ?) et comme Lucien de Rubempré (dont j'ai vécu, moi aussi, comme s'ils étaient les miens, les chagrins et les joies, la chute et la splendeur).

Mon personnage avait, comme Mallarmé, le projet, non pas exactement d'un Livre, mais d'un

Spectacle racontant en neuf tableaux l'histoire du siècle en train de s'achever dans les cendres de Vukovar et, bientôt, de Sarajevo. Et le personnage, à la fin de la pièce, disait… disait…

J'ai oublié. C'est comme ça avec mes livres. Je les connais par cœur au moment de les confier à Olivier. Je suis un Google vivant capable de convoquer, sur simple demande, n'importe quelle phrase de leurs cent, deux cents, cinq cents, six cents pages. Mais, une fois remis, c'est fini. J'oublie tout. J'efface tout. Et je dois vérifier, comme si c'était le livre d'un autre.

Donc, vérifier. Se lever. Quitter la chambre à pas de loup, mon portable avec moi pour avoir un minimum de lumière, car A. va murmurer, dans son sommeil, et ça va me donner des remords : « dormez, mon ange… dormez… ne vous fatiguez pas… ». Et, décidé maintenant, volontaire, très « la nuit est à moi » puisque j'ai résolu, sans regret, de ne pas dormir, aller jusqu'à l'étagère T., comme Théâtre, dans la salle à manger, où le livre est, en principe, rangé.

J'ai le pas souple, décontracté. C'est le pas hyper cool, genre félin, qu'avaient les *expats* de mon enfance, à Casablanca, avec leurs chemises à manches courtes, leurs épaules qui roulaient un peu et leurs pantalons de tergal à poches fendues, horizontales, où ils mettaient juste les pouces. Voilà. J'y suis. Mais pas de chance. Lui n'y est pas. Ni égaré, ce qui aurait pu arriver, parmi les Thackeray, les Thucydide ou les Thieuloy, l'anti-Goncourt et protégé de Jean-Edern Hallier, dont j'ai encore les livres sur l'Asie. Peut-être avec les L, alors, comme Lévy, dans le renfoncement, près de l'entrée ? Non plus. Comme c'est étrange ! Et comme ça m'agace ! Il n'y a rien qui énerve plus qu'une bibliothèque qu'on croit rangée et qui ne l'est pas. Heureusement, il y a l'autre mémoire. La vraie. Celle du théâtre vécu et d'avant le livre.

Me reviennent, en y pensant bien fort, les rires polis de la salle quand Pierre Vaneck disait la réplique. Et je l'entends, mon Anatole, expliquer à Maud, son assistante : « tu ne dois pas me voir dormir – je suis contre le sommeil ». Enfin, son assistante… C'était le coup de théâtre final. Elle n'était pas assistante du tout. Mais, infiltrée dans le spectacle, une sorte de diablesse rouge, surgie d'on ne sait quelle organisation clandestine – j'en ai croisé des prototypes, en 1969, à Bagneux, dans le squat où Pierre F., avant qu'il ne se range et n'ouvre son sex-shop, avait installé sa communauté.

Mais le livre a disparu. J'ai mes 48 livres. En comptant les *Questions de principe*. Mais celui-là (dont j'ai besoin ! car Anatole c'est moi ! et c'est mon petit-fils bien-aimé ! et la guerre au sommeil c'est moi qui l'ai déclarée !) a bel et bien disparu.

2

Il faudrait te mettre au clair une bonne fois, se moque toujours Jean-Paul, avec ta fascination pour les gauchos, les barjots, les mauvais garçons (et mauvaises filles) du type de ta Maud, ou de ton Benjamin du *Diable en tête*, ou de Pierre Goldman, ou de son jumeau, Michel Butel, qui, comme disait ton père, a failli te mener en prison.

En prison, non, cher frère choisi. Je l'en ai sorti, c'est vrai, après sa tentative d'extorsion de fonds sur un député d'extrême droite qui planquait son fric à Singapour. Mais je n'étais pas dans cette histoire. J'ai fait les 400 coups avec lui, ça, d'accord. De même qu'avec Isabelle, spécialité manteaux de fourrure piqués dans les vestiaires des grands restaurants, puis transformés en jupes et revendus aux Puces pour aider les sans-abri. Mais, là, c'était la limite que je n'aurais jamais franchie. Et, comme Mitterrand dont il avait eu le front de se réclamer (« ceci n'est pas un chantage ! c'est un détournement révolutionnaire ! une levée de fonds pour financer un nouveau journal de gauche ! »), j'étais scandalisé (et bien embêté par l'appel de Marie-Claire Papegay, l'assistante – « le Premier Secrétaire est contrarié... vous avez présenté Monsieur Butel au Premier Secrétaire... le Premier Secrétaire vous invite à régler cette affaire sans délai...).

Cela dit, tu me connais bien. Et tu as raison sur le rapport trouble que j'ai avec cette extrême gauche qui me hait, que j'ai passé ma vie à dénoncer mais dont je ne parviens pas à dédouaner tout à fait l'Idée. Tu sais une chose ? Je regrette parfois que tu te couches de si bonne heure et ne sois pas de la confrérie de ceux que je peux appeler, là, comme ce soir, à 1 h 10 du matin, sans déranger. Car j'aurais une histoire pour toi. Je te raconterais, si je pouvais et puisque tu es, par ailleurs, l'un de mes rares amis, avec Patrick M., vraiment proustiens, la drôle d'aventure qui m'est arrivée à Bologne (où j'étais pour un de ces colloques sur l'Europe, ou la démocratie, ou le populisme, je ne sais plus, je mélange, c'est toujours la même chose de toute façon, le même blabla mondial dont seul le titre change, et encore, pas toujours).

Je marche dans Bologne dite la rouge parce qu'elle est administrée, depuis cinquante ans, par les communistes. Je marche comme je marche toujours. Très vite. Mes écouteurs de téléphone vissés dans les oreilles, donnant tous mes appels retenus dans la journée, m'émerveillant des arcades, portiques sans colonnes, balcons de fer noir torsadé, d'une des plus anciennes villes d'Europe et veillant à ce que mon interlocuteur, au bout de la ligne, ne s'étonne pas : « qu'est-ce qui se passe ? t'es essoufflé ? tu marches ? ».

C'est mon défi. J'ai toujours pensé que, le jour où je ne parviendrais plus à donner le change et où l'interlocuteur comprendrait que je suis en train de gagner du temps sur son dos, ce serait le commencement de la fin. Mais ça ne s'est pas encore produit. 45 minutes par jour, m'a dit le docteur S. A notre âge, on est un champ de tir et 45 minutes de marche rapide, presque en courant, même en tournant en rond, c'est la formule. J'y suis.

Or voici que, m'engageant dans une ruelle reliant la Piazza Grande à la Piazza Minghetti, je bute sur un pavé. Oui, frère choisi et proustien, un pavé. Une dalle disjointe de la rue et, tu vas voir, de ma vie. Je suis saisi. Pétrifié. J'ai la certitude que je me suis déjà trouvé ici, à cet endroit précis, à un autre moment de mon existence – mais quand ?

3

Je n'en ai, sur l'instant, pas idée. Pas l'ombre d'un souvenir. Et j'étais, jusqu'à cette minute, convaincu que je n'avais jamais vu Bologne, que je n'y étais jamais venu. Alors, je fais ce qu'on fait quand la mémoire défaille. Google. Mon nom sur Google. Puis le nom de Bologne. Et surgit un reportage signé Robert Solé, 27 septembre 1977, dans *Le Monde*, qui raconte un rassemblement monstre d'autonomes, extraparlementaires, féministes, gays et Indiens métropolitains venus de toute l'Italie pour manifester « contre la répression ».

Il y a là ce que l'extrême gauche d'alors compte de plus radical. Ils sont, dit le reportage, plusieurs dizaines de milliers ayant investi la ville et scandant « Libérez nos camarades », ou « Idiots ! Idiots ! » ou encore : « Du travail pour tous, mais très peu et sans aucun effort ». Et voici qu'au détour de l'article, défilant au coude à coude avec des intellectuels, type Félix Guattari, dont le compagnonnage avec cette faune est logique mais qui me sont aussi détestables (je viens de publier

La Barbarie à visage humain) que les marxistes-léninistes, apparaît un « Bernard-Henri Lévy interrogatif et silencieux… ».

Que diable fais-je là ? Et pourquoi silencieux ? Me reviennent, maintenant que je lis, de très vagues souvenirs – et l'image d'un jeune moi encore englué dans la mélasse de ces tyranniques débats post-marxistes. Mais la vraie question n'est pas là. On est, à cet instant, tandis que je bute sur la dalle de la ruelle, en plein débat politique français. Je vomis Mélenchon, ses sbires et les antisémites qui l'entourent. Et la vraie question est : qui a le plus changé ? eux ou moi ? le jeune Mélenchon, courtisan éconduit de Mitterrand, internationaliste devenu souverainiste et, j'insiste, antisémite – ou le jeune BH défilant avec des gauchistes qui rêvent de « radios libres », de « zones autonomes temporaires » ou, ça me revient aussi, d'un « centre de diffusion de nouvelles arbitraires » beau comme Dada ?

Je dis sans hésiter : Mélenchon. Et j'aurais même envie, si j'osais, d'ajouter ceci. Entre les insoumis d'alors et leur caricature d'aujourd'hui, il n'y en a, certes, pas un pour sauver l'autre. On trouve des fichés S et des amis du Hamas chez les uns ; il y avait des brigadistes, donc des assassins, chez les autres. Méprisables sont ces radicaux qui ne trouvent rien à redire à la torture des femmes d'Iran mais se fâchent contre les mégabassines et les farines animales issues de poissons maltraités ; mais non moins méprisables, et plus redoutables encore, étaient les apôtres d'une « autonomie prolétarienne » prêts à passer, pour certains, de « l'esprit soixante-huitard » à l'esprit « P. trente-huitard ». Mais il y a une différence.

Dans les cortèges d'alors, au sein de ces foules immenses qui enflammaient les villes d'Europe, il y avait un bonheur d'exister, un appétit de liberté et, surtout, une haine du stalinisme autant que du mussolinisme. Eh oui ! Quand on insultait Berlinguer, chef du Parti communiste italien, quand on hurlait, en brandissant le poing vers les hélicos de la police stationnant au-dessus de nos têtes, « Berlinguer, rouge dehors, blanc dedans », on pensait, certes, à Bologne qui, vue du ciel, est rouge dehors et, à cause de ses jardins sublimes et secrets, verte dedans, mais on vomissait aussi l'ancien stalinien devenu bête d'Etat – on était antistaliniens et, donc, antifascistes conséquents. Alors qu'aujourd'hui, cette nouvelle extrême gauche *est* fasciste.

4

Mais je n'oserai pas. Impossible d'expliquer ce genre de distinguo en ces temps de correction politique. Et on me ressortirait, pour me faire taire, ma prétendue indulgence pour le « terroriste Battisti »… Non. Je ferais mieux de revenir à mes moutons. C'est-à-dire cesser de compter les moulures, ou les morts, ou les pavés mentaux. Ne pas rester là, comme ça, face à cette bibliothèque, comme faisait Guy Debord quand il appelait son copain Paul Destribats, qu'il lui demandait « Paul, je suis en bas, est-ce que je peux monter ? » et qu'il demeurait des heures, debout, sans bouger, à contempler – je tiens l'information de Destribats lui-même – ses étagères André Breton avec leur collection, unique au monde, de tirages de tête, tirés à part, lettres autographes, lithographies de la grande époque surréaliste. Je ferais mieux, assis ou debout peu importe, de revenir à la phrase de mon Anatole et d'en faire le début d'un article, d'une rêverie, d'un livre : « que veut dire Anatole, personnage de théâtre et un peu, tout de même, enfant de Mallarmé, quand il dit à Maud, la forcenée, qu'il est contre le sommeil ? entend-il que le sommeil est un besoin et qu'il n'aime pas être esclave de ses besoins ? ou, au contraire, un désir et qu'il n'est pas client à ce désir ? et pourquoi cette impression, s'il dormait, d'être pris dans un lacet de fer ? ». Bonnes questions puisque l'idée de base, c'est, jusqu'à nouvel ordre, de profiter de la nuit pour travailler…

J'ai un problème, en fait, comme Breton et comme, sans doute, Debord, avec le théâtre. Pourquoi le théâtre ? Et pourquoi pas le cinéma ? Ou la télévision (il paraît que deux Français sur dix s'endorment devant leur téléviseur) ? Je ne sais pas. C'est absurde. Mais c'est comme ça. C'est le seul endroit au monde (avec, mais je n'y vais jamais, l'opéra) où, moi qui ne sais plus dormir, qui ai perdu la touche du sommeil, moi qui préfère errer dans mon appartement que suer dans mes draps comme un galérien, je m'endors dès que la lumière s'éteint.

Oui. Peu importe la pièce et mes voisins de rangée. Peu importe la grande circonstance type première de la pièce Machin. Peu importe que j'aie, à coups de substances, à peu près dormi la veille. Peu importe que le moment soit important et que je sois venu, ce soir-là, voir *Richard II*, aux Célestins, avec Laurent Terzieff à qui je veux proposer le rôle d'Anatole. Et peu importe que Terzieff m'ait placé au fauteuil où l'acteur vous voit pendant qu'il joue et ne joue, d'une certaine façon, que pour vous. Rien n'y fait.

Je résiste. Je me pince. Je me tiens raide sur mon siège. J'en serais presque, si je pouvais, et pour garder les yeux ouverts, à me caler une demi-allumette entre le cerne et l'arcade. Mais dix minutes passent. Je dodeline. Mes paupières se ferment. Et moi qui ai tant de problèmes avec la nuit, moi qui ai pris le sommeil en aversion et ne sais plus, depuis Positano au moins, ce que s'endormir veut dire, je m'endors, si on peut appeler ça s'endormir ; je plonge dans le sommeil si on peut appeler ça un sommeil ; je m'en remets à A. pour, quand elle sent que ma tête va tomber, la remettre dans l'axe en feignant de m'enlacer les épaules pour, en réalité, m'infliger une très légère pression du doigt sous le menton ; je n'ai, quand vient l'heure, dans la loge, des compliments, d'autre ressource que de dire à Terzieff, comme Sagan quand elle avait, elle aussi, dormi pendant la pièce, « vous m'avez fait rêver » ; et il ne peut, lui, Terzieff (car il a évidemment tout vu !), que me répondre : « merci pour le rêve – mais votre Anatole, hélas, ce ne sera pas moi… ».

5

Ce que veut dire Anatole, dans mon souvenir, c'est d'abord ceci. Dormir empêche d'écrire. C'est un truisme. Mais c'est vrai. Cette idée de passer un tiers de sa vie à dormir, ou un quart, m'a toujours semblé tragique pour un écrivain. Car à quoi bon une tête si ce n'est à penser ? Un cerveau, à produire ? Et un corps sûr et en bonne santé, si ce n'est à nourrir et la tête et le cerveau ?

Les gens me demandent souvent comment j'ai pu, alors que j'étais si proche du bon, du droit, de l'impeccable Camus, passer tant d'années à écrire un livre sur Sartre, cet autre forcené, ce prototype, à les entendre, de l'intellectuel-qui-s'est-toujours-trompé, cet enragé qui a commis, entre autres, la considérable faute d'aller, dans leur prison, voir les gens de la bande à Baader. Eh bien ça, déjà. Cette idée d'un corps machine et sans repos. Cette tête comme une usine qui ne s'arrête jamais. Cette stratégie de la torchère où on enfourne tout, la vie et l'œuvre, les femmes et les amis, les ombres que Venise efface et les tritons des fontaines romaines, les cendres et les hallucinations de *La Nausée*, les nuits et les jours du Tintoret, l'aube et le crépuscule qui gagne quand il devient aveugle, tout, absolument tout, pour en faire de beaux et grands livres. Et l'inutilité, donc, du sommeil, cette perte sèche, ce temps perdu, ce néant d'œuvre et de vie, ce désœuvrement.

Y a-t-il un écrivain sérieux qui ait jamais pensé autrement ? Ne disent-ils pas tous (sauf, justement, Camus qui l'a jouée beauté du jour, air limpide et lumière absolue, mer cuirassée d'argent et inépuisable innocence) : « bénie soit l'insomnie ! dommageable est le sommeil ! » ? Kafka à Gustav Janouch : « s'il n'y avait pas ces affreuses nuits d'insomnie, je n'écrirais pas » car « elles me donnent accès à des pensées autrement inaccessibles ». Joyce : *Finnegans Wake*, le bien nommé, puisqu'il s'agit d'une interminable « veillée » (funèbre ?). Maupassant qui se saoule de bromure, se goinfre de bromure, se douche au bromure et qui, quand il finit par s'endormir, hurle que son sommeil, couleur de bromure, est pire que l'insomnie et l'empêche d'écrire *Le Horla*. L'écrivain du *Cantique des cantiques* (pas d'écrivain pour le *Cantique des cantiques* ? pas d'auteur ? tiens donc ! et Salomon, fils de David ? et le « Je est un autre » dont il est, avant Rimbaud, et Nerval, le véritable inventeur ?) : « je dors mais mon cœur veille ». Et Nietzsche : les prédicateurs de vertu trouvent moral de bien dormir mais Zarathoustra estime que ces sages sont des malades et que le sommeil est le voleur des pensées aux pieds légers. Et quant à Levinas…

C'est compliqué, je sais, Levinas. D'un côté, les pages heideggero-machin où l'insomnie est une plongée dans le neutre, l'indistinct, le bruissement sans fin des choses, le morne et gerbant « il y a ». Mais, de l'autre côté, l'idée que dormir c'est prendre congé, se dérober à l'appel de l'autre, se fermer à son visage au moment où il a le plus besoin de vous – et que l'insomnie, la vigilance ou, pour le dire comme les cuistres, la transcendance de la conscience inquiète et tourmentée, sont la condition *sine qua non* de la vision morale du monde…

Levinas parle de morale, pas de littérature. Mais c'est pareil. C'est double façon de monter la garde. Ce sont eux, les insomniaques, qui font que le monde, hors de ses gonds, tient à peu près debout. Essayer d'écrire ça ? Non. Trop sentencieux.

6

Et puis Duras. Il faudra que je raconte, un jour, Duras. D'un côté, « la secte de la rue Saint-Benoît » dont on s'est tellement moqués avec Jean-Paul et Olivier (O.) : l'année dernière à Vichy… anciens ministres, désormais sans visage, de celui qu'ils appelleront, jusqu'au bout, « le Maréchal »… Ramon Fernandez à l'étage du dessus tandis qu'elle officie à la Commission de contrôle du papier et que tous les éditeurs (« aryanisés »)doivent en passer par elle… Louis-René des Forêts croisé au métro Châtelet, un soir d'hiver 1981, et me poursuivant dans les couloirs en criant de sa voix flûtée que j'étais un salaud d'avoir écrit sur le passé fasciste de Blanchot… Mascolo, l'amant… Antelme, le mari, secrétaire, avant d'être déporté, du ministre hyper vichyste Pierre Pucheu… et François Mitterrand dont j'ai toujours pensé que tout ce petit monde, et d'abord elle, Duras, savait tout…

Mais, de l'autre, il y a Trouville, Les Roches Noires, chambre voisine de celle de Proust – elle y tenait. Je suis venu en train car je ne sais pas conduire. Elle est assise en tailleur, à même le dallage, les bras nus dans une chasuble, face à la mer basse, juste moutonnée, l'écume des vagues du matin peinant à atteindre la plage. Elle a son visage sans lunettes, renfrogné, soupçonneux. « Comment êtes-vous arrivé ? Qui vous a indiqué ? Pas de questions, je vous prie, des réponses… ».

Elle ne se souvient visiblement pas que c'est elle qui m'a fait venir et que je dois l'interviewer, sur la sortie d'*India Song*, pour *Le Quotidien de Paris*. Et, sans me laisser le temps de répondre : « j'ai passé la nuit à scruter les ténèbres… leurs silences… leurs ombres éblouissantes… sais-tu qui a dit la nuit luit ? et le noir est une couleur ? ah, merveille des nuits du monde… j'ai dit ça… c'est si beau… j'aimerais le lire… ». Sur quoi elle se met à chantonner l'air de « Capri, c'est fini ». Se redresse, étonnamment agile, en murmurant qu'elle n'aurait jamais écrit une ligne si elle n'avait follement aimé, non seulement Hervé Vilard, mais Duke Ellington et Bach. Et coupe court à notre non-conversation en me plantant là, sans explication et à mon grand désespoir de jeune reporter venu sur le front des Roches Noires : « laisse-moi, tu manques d'humour, j'ai les pieds froids, je ne dors jamais et ce n'est pas là, pour toi, que ça va changer ».

Alors, bien sûr, elle mentait. Et moi aussi. Car il faut bien, parfois, s'arrêter. Récupérer. Veiller à ce que la vie ne soit pas qu'une longue nuit. Se recharger. Et il paraît – je le tiens de Butel qui, après *L'Imprévu*, *s*'était rapproché de la secte et, à travers elle, je me suis toujours demandé comment, rabiboché avec Mitterrand – que, quand elle n'en pouvait plus d'écrire, ou de téléphoner, ou de chanter avec Yann Andréa et Jeanne Moreau des comptines de vieille enfant, elle finissait par s'effondrer, se crasher, dormir de toutes ses forces, comme Charles Rossett, le vice-consul de Calcutta, hanté par les morts des jardins de Shalimar.

Dieu sait si *L'Idéologie française* m'a coûté cher et si pèse lourd, dans mon dossier, l'attaque contre les vichysto-résistants façon Duras : n'est-ce pas pour ça que je suis, jusqu'aujourd'hui, fâché avec à peu près tout le monde ? les gauchos et les fachos ? les partisans de l'accommodement avec Le Pen et la volaille socialiste plumée par Mélenchon ? Mais mon véridique portrait de Duras, ce sera pour une autre fois. J'ai aimé, ce matin-là, ses histoires de nuit chérie, d'insomnie amie des livres et qu'elle prétende écrire en détestation du sommeil.

7

Et puis j'ai tant aimé la nuit ! Pas la nuit des fêtards. Je laisse ça à Morand, Prévert et Boris Vian. Mais la nuit du flâneur. Les promenades dans la ville, seul, quand il n'y a plus que les réverbères entre moi et les étoiles. Les fenêtres qui s'éteignent. Les dernières poubelles sorties, alignées pour les éboueurs. Les jeunes filles palpitantes, aux ongles cassés, un peu perdues, qui donnent le dos à la lumière. Les cafés où l'on fume, et boit, jusqu'au matin. Ils dorment tous, les gens normaux. Les gentils et les corbeaux. Les amants ardents et ceux qui ont renoncé. Les fébriles calmés et les piétons du macadam urbain qui ont fini par rentrer. Et moi, je veille, je veille, je suis ivre de me sentir vivant et éveillé – je n'ai pas attendu les Woke pour être aussi puissamment réveillé.

Je pourrais sortir, bien sûr. Et il est probable que ça m'apaiserait. Mais, d'abord, A. s'inquiéterait. Et puis il commence à pleuvoir et je suis, aussi, contre les parapluies. Alors, j'entrouvre le rideau sur la rue devenue silencieuse. Je sens la ténèbre dense à cause de la pluie. Et je décide, sans sortir, de regarder la nuit, d'explorer en pensée la rue d'à côté, de divaguer comme si j'y étais. O « planches somnifères »... Ce n'est pas Duras. Ni Levinas. C'est Lautréamont. Mais c'est mieux ! Ce fut l'un des premiers chahuts, prélude à Mai 68, dans l'hypokhâgne de François Châtelet à Louis-le-Grand. Mais on allait aussi, après minuit, le chanter à tue-tête sous les fenêtres d'Aragon – genre : « qu'as-tu fait, ancien poète et paysan de Paris, du programme de ta jeunesse ? ».

C'était lui, Isidore Ducasse, comte de Lautréamont, le poète de ces nuits de rire, de colère et de feu. Lui qui, par le seul fait qu'il ait existé, ridiculisait les communistes à front et sommeil de bovidé. Et c'est l'un des rares dont je sois encore capable, un demi-siècle plus tard, de déclamer les strophes devant ma fenêtre maintenant ouverte. « Depuis l'imprononçable jour de ma naissance, j'ai voué aux planches somnifères une haine irréconciliable ». Ou : « celui qui dort est moins qu'un animal châtré la veille ». Ou : « jamais la blanche catacombe de mon intelligence n'ouvrira ses sanctuaires » à la « curiosité farouche du Céleste Bandit ».

Ah comme nous le haïssions, jeunes athées, ce céleste bandit profitant de notre sommeil pour prendre le contrôle de nos âmes ! Comme nous résistions, révoltés logiques, à cet « anéantissement intermittent des facultés humaines » que provoquait, allié aux autres opiums du peuple, l'immoral sommeil ! Et comme nous l'admirions, ce furieux qui, chaque soir, « à travers les carreaux », forçait « son œil livide à fixer les étoiles » et, « pour être plus sûr de lui-même », s'assurait, comme je n'ai pas osé le faire, aux Célestins, face à Laurent Terzieff, qu'« un éclat de bois sépare ses paupières gonflées » et que, quand l'aurore paraîtra, elle le retrouve « dans la même position, le corps appuyé verticalement, debout contre le plâtre de la muraille froide » !

Lautréamont contre Freud. L'ivresse de la nuit blanche contre la science des rêves et du sommeil. Un demi-siècle a passé. Mais voilà encore un point de doctrine (comme pour l'insoumission, la vraie, pas celle des amis de Chavez, Maduro, Poutine et le Hamas) sur lequel je n'ai pas varié. Peut-être n'écrirai-je rien de bon d'ici demain. Mais j'aurais écrit moins de livres, c'est certain, si j'avais bien dormi.

8

Lautréamont dit autre chose. Et Anatole aussi, mais il faudrait vraiment que je vérifie. Où est passé ce maudit livre ? C'est un enfer, les bibliothèques, et on ne s'en libère jamais. La mienne s'est construite avec moi. La Khâgne. L'Agrégation. L'entrée chez Grasset. Mes époques Canguilhem, ou Artaud, ou Théâtre, ou Baudelaire, ou Pensée juive, j'en passe. Ou les livres de ma mère, tendre stock de sa bibliothèque de jeune fille, offert pour mes quinze ans : même s'ils sont, depuis longtemps, noyés dans la masse, presque invisibles, perdus, ils me semblent toujours, quand je tombe sur l'un d'entre eux, les secrets piliers de ma labyrinthique Babel. Mais c'est quand même l'enfer. Car on démarre en fanfare. Ordre alphabétique impeccable par auteurs ou sujets. Et puis l'étagère se remplit, il n'y a plus de place pour rien et on a deux solutions.

Soit aérer. Repousser les M. pour faire de la place aux L. trop serrés. Mais, alors, c'est les M. le problème, et il faut repousser les N., et les O., et ainsi de suite jusqu'aux Z. Une lettre chasse l'autre. Tectonique des plaques de livres. Un livre de trop, un seul, sur une étagère pleine à craquer, et c'est toute la bibliothèque qu'il faut, de proche en proche, refaire. Qu'est-ce que ce serait si les A. ou les B. saturaient !

Ou bien, plus raisonnable, éviter le grand déplacement. Se concentrer sur les L. sans toucher ni aux M. ni au reste. Et, à nouveau, deux solutions. Soit retirer un bloc, les Lévy par exemple, ou les Levinas, ou les deux, et les mettre, après les Z., dans une autre pièce, sur une étagère spéciale – mais il faudra s'en souvenir. Ou, plus chirurgical, enlever juste *Le Jugement dernier* et le ranger avec les T. comme Théâtre, ou les S. comme Sarajevo, vu que l'action se passait à Sarajevo – mais, alors, méga-casse-tête ! comment, le jour venu, se rappeler que ce texte signé Lévy a été rangé avec les livres d'Anouilh et de Thomas Bernhard ou avec ma doc sur la Bosnie ?

Là, je viens de trouver. Mais par hasard. C'était à la lettre A., comme Atelier, parce que c'est à l'Atelier que j'avais créé la pièce et que je suis passé devant, dans le couloir, en allant au congélateur prendre un Magnum Bianco. Mais ce livre sur Rimbaud que j'ai cherché pendant des jours et qui était classé à « Abyssinie » ? Ou le psautier de Chalom de Jacob, mon grand-père berger, que m'a aussi donné ma mère et que j'ai fini par retrouver, tout petit, lavé par le soleil des déserts où il transhumait ses bêtes, dans un autre couloir, avec les livres d'art hors format ?

Voyons donc la réplique exacte. D'abord, ce n'est pas Anatole qui parle. C'est Maud, la fausse assistante, qui s'adresse à Monsieur Tchen, l'homme qui a arrêté le char sur Tian'anmen. Et elle parle *d'Anatole.* « Rien, dit-elle, n'est plus honteux, à ses yeux, qu'un homme en train de dormir ; c'est laid ; c'est indécent ; on est proche du néant ; il aimerait mieux qu'on le filme mort qu'endormi ».

C'est ça, la pensée de Ducasse quand il hurle que si, depuis « l'imprononçable jour » de sa naissance, il voue tant de haine aux « planches somnifères », c'est à cause de la « poésie moite des langueurs, pareille à de la pourriture », qu'exhale la nuit du dormeur. Et, honnêtement, c'est ce que je pense. C'est moche, le sommeil. C'est sale. Il y a des gens qui dorment pour rêver et trouvent leurs rêves poétiques. Moi, rêver me réveille et fait que je dors encore moins. Et puis le poète c'est Ducasse (qui, soit dit en passant, s'appelait aussi Lucien, Isidore Lucien Ducasse, comte de Lautréamont) et le rêve c'est poisseux, visqueux, dégueu – il n'y a qu'à voir à quoi ressemble un humain qui se réveille.

9

On a fait le test, une fois, avec A. C'était l'époque où elle pensait encore me guérir. Longues caresses après l'amour. Massage de la tête devant mes films préférés. C'était l'époque, il faut le dire aussi, où les télés n'étaient pas encore la Commedia dell'arte qu'elles sont devenues avec la guerre en Ukraine, Gaza et la téléréalité politique *non stop*. Et je ne sautais pas comme un cabri, devant mon poste, au spectacle de ces généraux de plateaux, de ces ambassadeurs à la retraite ou de ces reporters qui n'ont pas bougé de leur chaise depuis des années et dont la suffisance suffirait à me tenir éveillé.

Donc, on a fait un test. On l'a appelé le test de Guibert. Pas Guilbert, tête d'or, mon grand ami disparu. Mais Guibert, Hervé Guibert, écrivain français que je voyais chez Françoise V., lors de ces dîners étranges où pouvaient se retrouver un ancien Premier ministre, un futur président de la République, un évêque *papabile*, le secrétaire général d'un Parti communiste français au faîte de sa puissance et lui, donc, Guibert, en charge, comme moi, quand la maîtresse de maison, parfois très tôt, entre l'apéritif et le hors-d'œuvre, se retirait parce qu'elle avait trop bu, d'amuser la galerie et de faire que la compagnie tienne, au moins, jusqu'au fromage.

Qu'est-ce, donc, que le test de Guibert ? Il n'est plus, alors, ce coquin magnétique dont l'insolence surjouée (comme, à la même époque, celle d'un autre jeune lion nommé François-Marie Banier) suffisait à dissoudre la grime, non seulement des puissants provisoires, mais des plus exigeants de nos maîtres à penser. « Que veux-tu, m'avait dit Foucault, une fin d'après-midi, rue de Vaugirard, dans cet appartement moderne, fonctionnel, qui ne lui ressemblait pas et où je venais, après la sortie de *La Barbarie à visage humain*, m'assurer de notre alliance ? Il me déride. Il pourrait être mon Radiguet. Moi Cocteau, lui Radiguet. Avec cela, et comme Guy Hocquenghem, ton voisin de thurne à l'Ecole, le plus joli garçon que ta génération, qui n'en est pas avare, ait produit ». Et il avait ri très fort, le corps rejeté en arrière, les pieds quittant le sol comme pour un exercice d'abdominaux, puis les mains tapant les cuisses comme pour les forcer à retrouver leur position et souligner la drôlerie de la remarque.

Guibert, alors, est malade. Très malade. Il va être, quelques années après la mort de Foucault, et avec Jean-Paul Aron dans *Le Nouvel Observateur*, l'un des premiers à témoigner du calvaire du sida. Et, se sentant mourir, en route vers une sorte de rédemption, il s'impose une singulière épreuve et filme, au jour le jour, tel un chemin de croix, son agonie.

Nous, ce n'était pas une agonie. C'était le test d'une de mes nuits. A., trop contente de la mini-caméra que venait de lui offrir Canal Plus, filmait tout, les conversations, les amis, leur premier désir, un coucher de soleil, les trois Françoise, Sagan, Verny et Giroud, le même couloir où je me trouve et où elle jouait avec son chat. Et elle avait décidé, ce soir-là, de me filmer, moi, une nuit durant, afin de me montrer à quoi je ressemblais quand je consentais à lâcher la rampe.

Pilule donc… Compte à rebours… 30 minutes… 20… 10… 5… Vous pariez que je résiste ? 20 secondes… 8… Zéro… Allô ? Non. Plouf. Plongée dans le sommeil. Moteur ! Et, là, horreur ! Cet inconnu que je deviens et dont je découvrirai les images, après coup, au réveil.

10

Car c'est moi. C'est bien moi. Cette chose échevelée et nue. Ce corps soufflant, cessant de respirer, recommençant, grognant, prononçant des mots incohérents, toussant, expectorant, ouvrant des yeux vides, les refermant, gigotant, se convulsant, secouant les épaules comme pour se délester d'un invisible fardeau, s'évanouissant, revenant à lui, cessant à nouveau de respirer, gesticulant, grimaçant, serrant les poings, se griffant les bras, saignant, bandant, débandant, recroquevillé, se détendant comme un plongeur qui se noie et remonte, dans un sursaut, à la surface d'une eau saumâtre, roulant maintenant des yeux, bruxant, gargouillant, faisant d'autres bruits bizarres et plus aigus, on dirait le chant des grillons ou, sans transition, plus bas, un vol de frelon tout proche, éructant, se retournant plusieurs fois de suite, se raidissant, s'étirant dans ses draps froissés, tordus, rejetés d'un coup de pied, puis ramenés d'une main presque sûre, on pourrait croire qu'il est là, pleinement réveillé, mais non, c'est une sorte de cauchemar et il y a du sang sur son oreiller parce qu'il s'est gratté et qu'il prend trop d'aspirine.

Parfois, une main entre dans le champ. C'est celle d'A., avec un kleenex humide qu'elle me passe sur les tempes ou entre les sourcils, mais doucement, s'interrompant si je fronce ou frémis, puis reprenant, risquant même un baiser, mais du bout des lèvres, léger, il ne manquerait plus que je sorte du sommeil, je dors si peu, elle s'en voudrait, et tout le test serait à refaire.

Parfois l'image tremble, ou devient floue, ou chavire : c'est elle qui n'en peut plus, manque s'assoupir, se reprend – Marco Ferreri racontait que, s'il lui avait fallu tant d'opérateurs pour filmer Piccoli, dans *Dillinger est mort*, passant l'essentiel des 90 minutes à nettoyer son revolver, ce n'est pas pour multiplier les possibilités de montage mais parce qu'ils s'endormaient tous, à un moment ou un autre, derrière leur caméra.

Douce chérie ! Mon amante devant qui je passe mon temps, depuis si longtemps, à faire le charmant et le séduisant ! Toute une vie – eh oui, une vie… – passée à jouer Ariane et Solal, ou Kafka et Milena, jamais pipi, jamais rien et, sauf dans l'amour, la bête tenue en laisse et la chair assez voilée pour qu'on n'y voie que du feu ! Et, là, sous prétexte de Guibert, ou de Warhol avec son polaroid, une nuit passée, moi à lui infliger, elle à observer, scruter, cadrer, zoomer, dézoomer, l'autre bête, la laide, la monstrueuse, l'absolument inavouable, celle surgie de l'obscurité et s'ébrouant, à la faveur du sommeil, sous ses yeux probablement stupéfaits !

Moi Eurydice, elle avait dit. Et vous Orphée. Sauf que c'est Eurydice qui, cette nuit, part à la recherche de son Orphée. Tu parles ! Le sommeil de la raison engendre des monstres, voilà la vérité. Primo Levi allait jusqu'à dire que c'est lui, le sommeil de la raison, qui avait engendré les camps. Et me voilà, moi, traitant mon Eurydice comme Adorno sa femme, Gretel, chargée, chaque matin, de retranscrire ses rêves, c'est-à-dire ses monstruosités, de la nuit. Pacte du diable. Pire que, dans l'eau-forte de Goya, l'escadrille de hiboux, chauves-souris et autres hyènes ou putois volants. Pire que, dans la prétendue comédie amoureuse du *Songe d'une nuit d'été*, les tombeaux ouvrant leur pierre et laissant s'échapper leurs colonnes de spectres qui errent dans les allées du cimetière et respirent un bon coup. Quelle honte. Quelle laideur. Et quelle obscénité. Pardon.

11

Et puis Isidore Lucien Ducasse, comme Anatole, comme moi, dit une dernière chose. Le lit est un tombeau fait de « planches de sapin équarri ». Les draps sont un linceul où, « mouillés d'une glaciale sueur », nous agonisons chaque nuit. Le corps endormi, avec son « visage blême », la « poix visqueuse » qui « épaissit le cristallin des yeux », « les paupières qui se recherchent » tels « deux amis » mais ne se trouvent pas, avec cette volonté qui se retire comme en présence d'une force invisible, n'est plus qu'« un cadavre qui respire ». Et le sommeil, en conséquence, c'est la mort.

Réparateur, le sommeil ? Source de santé et de vie ? Les Grecs sont tous d'accord sur un point. Hypnos (le Sommeil) est le frère de Thanatos (la Mort). Et attention. Son frère jumeau. Jumeau ! Et si le doux, le tendre, l'adorable Morphée est bien son fils, re-attention, il n'y a aucune conclusion spéciale à en tirer. Car Hypnos a mille fils. Mille ! Et celui-là n'est nullement son fils préféré. D'ailleurs zéro culte d'Hypnos chez les Grecs. C'est le seul dieu que tout le monde, en Grèce, évite comme la peste. Une exception, Sparte. Mais on sait dans quelle piètre estime le reste des Hellènes tenaient les Spartiates. Autant dire, pensaient les Athéniens, que l'homme descend du songe – et c'était inacceptable.

Les Pères de l'Eglise sont clairs aussi. Il y a des sermons de Tertullien sur le sujet, m'expliquait Guy Lardreau, dans l'avion d'AeroMexico qui, avec Glucksmann l'Aîné, mais aussi nos épouses, les ardentes Fanfan et Sylvie, nous menait à Acapulco pour une conférence organisée par Octavio Paz (et alors qu'il était en transit, lui, Lardreau, non de Mao à Moïse, mais de Mao aux cathos). Il y a des sermons entiers où il explique que Dieu, dans sa grande bonté, a donné le sommeil aux hommes pour les préparer à la mort.

« Maos, fachos ! halte à la nouvelle réaction ! » scanderont, dès l'aéroport, les étudiants qui ne juraient que par Castro. « Traîtres à la Révolution », hurleront-ils dans l'amphithéâtre que nous avions dû transformer en semi-soviet avec temps de parole partagé, cinq minutes pour les orateurs, cinq pour les protestataires. Mais Lardreau ne lâchera rien. Il est correct, le Seigneur, détaille Tertullien. Il n'a pas voulu nous prendre en traître. Ni, le moment venu, nous faire mourir d'un coup.

Un peu tous les jours, il a décidé. Un exercice quotidien de mort. Et c'est pour ça que, dans sa grande sagesse, il nous a donné le sommeil.

Il n'y a que les Grandes-Têtes-Molles du romantisme allemand du XIXe pour n'avoir rien compris à la manœuvre et avoir inventé la volupté du sommeil, la beauté du sommeil, l'intelligence du sommeil, la vie dans et après le sommeil, bref, le Sommeil. J'ai toujours pensé qu'ils avaient un côté tocard. Déjà, à Louis-le-Grand, on les trouvait ras du front, premier degré, avec ce côté « Amen à l'univers » que n'auront pas leurs cousins français, puis leurs héritiers surréalistes (et je ne parle pas de Lautréamont !). Est-ce un hasard si, bien plus tard, la nouvelle philosophie a failli être torpillée par un mouvement parasite qui se réclamait d'un grotesque « nouveau romantisme » ? J'aime que l'homme rie et porte des masques. C'est l'autre Aragon. Le mien. Et c'est pourquoi, depuis mes débuts, depuis la découverte des *Hymnes à la nuit* de Novalis, puis de la déclaration de guerre aux Lumières lancée par les frères Schlegel, depuis ma grande explication avec l'idée de Nation allemande droit venue de ce Nocturne et si inférieure à la française, j'ai désigné ce romantisme-là ennemi principal et capital.

12

En tout cas, voilà. C'est pour ça que je préfère ne pas dormir. Pour ça que, sauf au théâtre où je ne risque rien sinon vexer un acteur légendaire, je ne trouve pas le sommeil. Et c'est de ça que j'ai peur quand tombe la nuit et que je résiste à l'endormissement. Elle est là, la petite mort. La vraie. Tantôt, comme chez Baudelaire, en mode gouffre : « j'ai peur du sommeil comme on a peur d'un grand trou, tout plein de vague horreur, menant on ne sait où ». Tantôt en mode aérien, comme chez Ronsard qui pensait que l'âme du dormeur se détache du corps, entre en contact avec le monde céleste et qu'il y a toujours le risque qu'elle n'en revienne pas et reste coincée là-haut, en orbite, *lost in translation*, comme un spoutnik perdu, la chienne Laïka des Russes ou les astronautes américains de la capsule *Starliner*.

Qui lit encore Ronsard ? Même Google est sec sur le sujet. Sur Hervé Guibert, il sait tout. La chambre. Les toilettes. La place de la caméra. Le supplice des cent morceaux. Le corps qui se décompose. On sent que ça le passionne. Alors que, sur

Ronsard, tissu de banalités sur le poète de cour, le chantre de l'amour et des sentiments élevés, les paysages du Vendômois, mignonne allons voir si la rose, quand vous serez bien vieille, la forêt de Gâtine, les nymphes. Mais rien sur la folle ambition de celui qui se voulait le Dante ou le Pindare français. Rien sur le fait que c'est lui que, cinq siècles avant Cocteau, on a surnommé prince des poètes. Et rien, bien entendu, sur sa maladie, l'insomnie, et le fait qu'il avait bien trop peur, en dormant, de mourir. Il a été tué, en vérité, par les surréalistes qui lui ont fait l'insigne honneur de le placer, avec Voltaire et Platon, en tête de leur index des lectures interdites. Mais sa grande et vraie peur était que sa dernière nuit, comme la beauté selon Breton, fût convulsive.

Car c'est le fond de l'affaire. Comment voulez-vous mourir ? La plupart des gens répondent : sans le savoir, sans souffrir, dans mon sommeil. Moi (et, je pense, Ronsard aussi), c'est le contraire. C'est la pire des perspectives. C'est le plus terrible des cauchemars éveillés. Et je n'ai jamais rien entendu de plus horrible, sur le sujet, que le témoignage de cet aumônier de Villejuif me racontant comment les familles lui demandaient, de plus en plus souvent, d'administrer les sacrements, absolution et viatique compris, dans le dos des mourants, sans qu'ils s'en aperçoivent, en douce.

J'avais préfacé son livre. C'est la deuxième personne de ma vie, après le père Boyer-Chammard, aumônier de Sainte-Geneviève où j'enseignais, juif parmi les jésuites, l'histoire et la géographie économiques (et avant Véronique, ma sœur, elle-même devenue catholique), à s'être mis en tête de me convertir. Car mon projet est de mourir éveillé. Je veux vivre, non seulement ma vie, mais ma mort. Non seulement l'instant, mais mon dernier instant. Je veux affronter la chose en pleine conscience, les yeux ouverts, comme Achille, Patrocle, Hector, Socrate et Mélanippe ; comme le torero de Manet ; comme Robert Jordan aux dernières lignes de *Pour qui sonne le glas* ; comme Estienne d'Orves refusant qu'on lui bande les yeux face au peloton d'exécution ; comme Chalom de Jacob, seul, sur sa dune de sable, regardant le soleil bien en face pour réciter son dernier *Shema Israël* ; ou comme la pauvre chose, l'épave, que je serai à mon tour mais qui, au moins, *la sentira passer*.

Si je ne dors pas, c'est un choix. C'est parce que j'ai bien trop peur de ne jamais avoir su que je mourais.

CHAPITRE 3

Le sommeil de la raison…

1

Cela dit, il y a un problème. Ronsard est mort les yeux ouverts, ok, mais il est mort d'insomnie. Il avait une peur bleue de mourir en dormant et c'est ce qu'il a évité – mais il est vraiment mort de ne pas dormir et ça, c'est quand même embêtant… L'ami Google, là non plus, n'en dit rien. Il nous raconte qu'il est mort d'une crise de goutte ou de rhumatisme. Et sans doute est-ce vrai aussi. Mais la mort par insomnie est attestée par Claude Binet, son disciple, rapportant qu'il a passé les quinze derniers jours sans fermer l'œil. C'est écrit noir sur blanc dans un poème, l'un de ses derniers, et de ses plus beaux, où il n'est plus qu'un cadavre qui respire, un paquet d'os dépulpés implorant, jour et nuit, nuit et jour, d'être autorisé, comme les animaux, à franchir les rives du Cocyte, la rivière aux gémissements qui est le dernier check point, à l'époque, avant le Styx. Et puis il y a ce pavot en jus, en feuilles crues et à mâcher, en salades, dont ses médecins le gavent et qui ressemble à s'y méprendre aux décoctions de valériane et de fleur d'oranger qu'on me prescrivait à la Clinique du sommeil de Milan et dont je me suis, Dieu soit loué, bien gardé : c'est comme les valises à roulettes, les suppléments alimentaires, les gens qui mettent des plombes à choisir au restaurant, les parapluies, les leggings et les joggings quand on voyage, le sommeil – je suis définitivement contre.

Car quel est le risque réel ? Et que dit, au juste, la Faculté ? Elle est évasive sur le sujet. J'ai trois médecins. Par prudence. Ou, peut-être, par goût de la compétition. Encore qu'aucun des trois ne connaisse l'existence des deux autres et qu'il ne peut donc y avoir, à proprement parler, d'émulation. Mais j'ai quand même trois médecins pour mettre toutes les chances de mon côté et, en cas d'alerte, pouvoir leur dire à tous les trois : « voici mon symptôme, allez-y, interprétez, que le meilleur gagne, et moi avec ». Or, si les trois sont, chacun dans leur domaine, des champions, aucun n'a été foutu de me dire clairement, distinctement, scientifiquement, si on augmentait ou non, en ne dormant pas, le risque de mourir.

L'un m'a dit « oui en cas de diabète », mais je n'ai pas de diabète. Le deuxième « oui en cas d'obésité », mais je ne suis pas obèse. Le troisième « oui en cas de stress », mais je n'ai jamais compris ce qu'était le stress, je suis en état de stress permanent et j'ai toujours l'impression que c'est ça, le stress, la fièvre et la fureur d'exister, qui me tiennent en vie et debout.

Là, par exception, j'ai la flemme. Mais il faudrait, pour bien faire, que j'aille jusqu'au bureau. D'abord parce que j'y serai mieux qu'ici, assis dans cette salle à manger qui ne sert à rien vu que je n'y déjeune ni dîne jamais. Ensuite parce qu'il pleut de plus en plus fort et que la vitre se ride de petites vagues qui me dépriment car elles me rappellent les dimanches d'automne, à la campagne, où on nous demandait, avec mon frère et mes cousins, de rester enfermés et de faire la sieste – la sieste ! Et puis parce que, pour en avoir le cœur net, je ne vois pas d'autre solution que d'aller consulter, sur ordi, maître Google qui en saura peut-être plus que sur Ronsard et que je préfère encore au jeune ChatGPT qu'A. a installé sur mon téléphone mais dont je n'arrive pas à me servir. Allez ! *Andiamo.*

C'est drôle comme, rien que de penser une demi-seconde en italien, je me sens revigoré.

2

Ça, en revanche, ce n'était pas au programme : Little Siam ronronnant, sur le seuil de la pièce, avec son œil bleu qui me fixe dans la nuit.

Le contrat, en principe, est clair. Jamais votre chat ici. Jamais dans la chambre à coucher, naturellement. Je ne comprends même pas comment les gens font pour s'aimer quand ils ont un animal dit de compagnie, au pied du lit, qui, non content de les regarder, peut à tout moment leur bondir dessus. Mais jamais, non plus, dans le bureau. Jamais. C'est l'autre interdit. N'a-t-il pas sa chambre, à la fin ? Et porte fermée, normalement ? Dieu sait si je n'aime pas dire « chambre » pour un chat. Je déteste tout le gnangnan qui humanise les animaux. Mais ce qui est dit est dit. Il a son coin. Sa litière. Son organisation. Et il n'a donc aucune raison de se retrouver là, dans mes pattes, à 2 h 12 du matin, au moment très précis où je m'apprête à procéder à une googlisation d'importance.

Qu'est-ce que je fais, dans ce cas ? Taper dans les mains pour lui faire peur ? Il va aller se réfugier sous le canapé et me narguer. L'attirer avec une soucoupe de lait ? Ça oblige à retourner à la cuisine et, surtout, il va se méfier et je vais devoir trouver des ruses pour le guider, à reculons, sans garantie de succès, avec risque de renverser la soucoupe. Taper du pied pour le chasser ? Ferai jamais ça. Suis trop gentil. C'est comme le jour où il s'est coincé la tête dans le trou où passent les fils d'ordi, de chargeur, d'imprimante, de téléphone fixe, de mon bureau.

A., cette nuit-là, avait un tournage. J'étais donc seul avec lui et n'ai pas voulu l'affoler à distance. Or j'ai un problème avec la peau des pêches et des pommes, mais aussi, et elle le sait, avec la peau des chats. C'est familial, congénital. Peut-être ethnique, disait naguère une amante un peu limite sur le sujet. Ou même juif, car c'est ce qu'elle sous-entendait. Mais c'est comme ça. Je ne peux pas toucher un chat. *Non possum*. Et, vu que c'est le milieu de la nuit, je n'ai, à part Dominique qui est à Valparaiso, comme d'habitude, avec Adamo, aucun ami des animaux à qui téléphoner pour lui demander de rappliquer dare-dare et de m'aider.

Alors, je m'y suis collé. J'ai essayé, en le touchant le moins possible, de le faire sortir du trou.

Puis, n'y parvenant pas et renonçant à comprendre comment sa petite tête avait pu passer dans un sens sans parvenir à repasser dans l'autre, je suis descendu à la cave chercher une scie. Et, pendant qu'il miaulait à fendre l'âme et que mon âme de mec pas méchant mais incapable de toucher la peau d'un chat en était elle-même fendue, j'ai scié depuis le haut de la table, par la gauche, puis par la droite, en veillant à ce que les deux fentes arrivent pile à l'endroit du trou où l'ovale était le plus évasé. J'ai fait bien attention, naturellement, à rester à un millimètre de lui. J'ai veillé à ne pas lui envoyer de sciure dans les yeux qu'il gardait ouverts et terrifiés. Et, quand j'ai pu enfin ôter, comme dans un puzzle, le large triangle de bois ainsi dégagé, mon bureau était foutu mais lui, le chat, était sauvé. Il a bondi sans demander son reste. Et il est allé se réfugier, échaudé, dans son chez-lui.

Mais, ce soir, zéro chez-lui. Il saute sur l'étagère des B., l'une des plus hautes et des plus tassées. Il faudrait l'escabeau pour y accéder. Et il est bien trop tard pour ça. Un chat c'est une peau, disait Mallarmé. Et Céline : c'est un ensorcellement. Est-ce que l'appartement serait ensorcelé par son chat ?

3

La sorcière, c'était Duras. La première impression est la bonne. Et je m'en veux maintenant de m'être laissé embarquer, à l'époque, comme un niais, dans ses histoires de nuits blanches, de beauté des nuits du monde, de nuits qui ne sont pas si noires, etc.

Il y avait, chez Duras, un côté tante Léonie, la vieille tante du narrateur dont « ne jamais dormir » était la « grande prétention » et qui se vexait quand on lui disait « ma tante, vous êtes peut-être contre le sommeil, mais il n'empêche que vous vous êtes assoupie ». Là, je regarde par la fenêtre. C'est peut-être à cause de la pluie qui, malgré l'avancée du balcon, semble plus drue encore qu'à la salle à manger. Ou à cause de moi qui ne vais pas bien et n'y vois soudain plus rien. Mais, franchement, la nuit est noire. Cent pour cent noire. Et la Pythie de la rue Saint-Benoît avait, sur ce coup aussi, cent pour cent tort.

Un ciel n'est jamais complètement noir, objecterait-elle, si elle était encore là, aux Roches Noires. Déjà, il y a la lumière fossile. La lumière des étoiles vives et mortes. Il y a toujours, quelque part, un lampadaire, un phare de voiture, un arbre dont les feuilles luisent. Il y a aussi la lumière obscure que voient certains animaux. Et n'est-ce pas, pour être honnête, ce que j'avais répondu au docteur G., mon ophtalmo, le jour de l'opération et en attendant l'anesthésiste ? « A vous de décider, m'avait-il dit, comme s'il me présentait un catalogue, le pourcentage de vision que vous voulez. Je peux vous faire 40 %. Ou 50. Ou même 60. Mais 100 % est déconseillé. Le cerveau s'est tellement habitué à votre pathologie que le changement serait trop fort et le choc nerveux insupportable. Je conseille donc, au maximum, 60 % ». Et moi : « vous plaisantez ? je ne veux pas 100 %, en effet ; mais 120 ; et même 140, avec option vision nocturne – je veux voir ce que voient les chats, les loups et les crotales ».

Mais, ce soir, je suis désolé. J'ai beau savoir que la nuit, en ville, n'est jamais noire. J'ai beau me dilater les pupilles face à ma fenêtre ruisselante maintenant, déprimante au dernier degré, bosselée. Ou les écarquiller, façon Maldoror, pour élargir mon champ de vision jusqu'au revers des choses. Ou me faire les yeux verticaux comme l'ancêtre de Little Siam qu'on avait passé la semaine à chercher et qui n'est jamais réapparu. J'ai beau me dire que c'est à cause des nuages qui volent bas ce soir et du brouillard qui bouche tout – il suffirait d'une saute de vent, d'une déchirure dans la nuée, d'une éclaircie et j'apercevrais une étoile, une clarté, le point rouge d'une cigarette ou, pour peu que le passant soit vêtu de clair, la blancheur secrète de la rue. Le fait est que tout est noir. Désespérément noir. Comme chez les aveugles. Ou chez les Grecs qui, croyant, primo, que la Terre était plate et qu'elle ne tournait pas et, secundo, que, contrairement aux dieux qui étaient multiples, la Nuit, elle, était une, pensaient qu'une grande obscurité s'abattait, en une fois, comme une chape, sur le monde. Le fait est : un tiers de l'humanité, paraît-il, ne voit plus la Voie lactée.

C'est ma tête qui tourne à présent. Mes tempes qui bourdonnent. J'ai l'impression d'une eau, dans mon crâne, qui roule comme dans un siphon. J'inspire à pleins poumons. Ça va mieux. Mais cette histoire de mourir de ne pas dormir me tracasse quand même un peu. Je ne vois personne à part Ronsard. Encore que… Un personnage des *Frères Karamazov* ? Lequel ? Il faudrait vérifier. Mais je suis fatigué, tout à coup. Canapé.

4

D'autant que Google serait capable, pour me rassurer, et comme Duras, de me faire le coup du noir qui est une couleur. Et, ça aussi, c'est bidon.

Ça vient, d'abord, de la galerie Maeght. Mais c'était la Libération. On sortait de la nuit. On allait vers plus de lumière. Et je l'ai dit, lors de ma propre exposition, à l'héritière de la famille qui n'a, hélas, pas voulu entendre : quand Maeght l'Ancien titrait la première grande expo de la France libre, « Le noir est une couleur », c'était comme Sartre déclarant qu'on n'avait « jamais été aussi libre que sous l'Occupation » – c'était dire que la botte nazie (qui avait, entre-temps, levé le pied) n'avait réussi à tuer ni la vie, ni l'espoir, ni les couleurs.

Et puis l'autre source c'est cette merveilleuse Grisélidis Réal, écrivaine, féministe, antiféministe, prostituée, poète, dont le roman, que plus personne ne lit, s'appelait *Le noir est une couleur*. Mais, là aussi, attention !

Je l'ai croisée, un soir de 1978, dans un restaurant huppé – on dit, dans les romans de James

Hadley Chase, *rupin* – du quartier des Pâquis, à Genève. Je sortais d'un de mes rendez-vous, devenus, cette année-là, rituels, avec Albert Cohen, chez lui, avenue Krieg. J'allais retrouver Sylvie dont je venais de tomber amoureux. Et voici que se pointe à notre table, attirée par Sylvie qui était extrêmement belle, cette femme impérieuse et austère, toute en mèches noires immobiles, et qui, avec son maquillage blanc, son col et ses manchettes en dentelle violette, avait plus l'air d'une Barbara pulpeuse, ou d'une Juliette Gréco farouche, que d'une prostituée.

Elle me complimenta d'un article que j'avais consacré à cette autre irrégulière de la cause des femmes qu'était Annie Le Brun. Elle se moqua de Sartre qui hésitait à écrire « homme de lettres » sur ses fiches d'hôtel alors qu'elle exigeait, elle, de voir inscrit « écrivaine et péripatéticienne » sur tous ses documents officiels. Et elle s'emporta contre les crevards qui répétaient « le noir est une couleur » en prenant soin d'oublier que c'était un hommage, sous sa plume, à Ronald Rodwell, son amant noir.

Le blanc est une couleur, ça, c'est certain, poursuivit Grisélidis Réal, la prostituée militante qui était, comme Annie Le Brun, un démenti vivant à Duras. C'est même, disent les spécialistes et, d'abord, Goethe qui était moins savant qu'il ne le croyait mais plus informé qu'on ne le dit, la couleur par excellence puisqu'il suffit de prendre les couleurs de l'arc-en-ciel, de les mélanger, de les iriser, et on obtient le blanc. Mais le noir est noir. Elle répéta : le noir est noir. Et, s'il y a quelqu'un qui devrait le savoir, ce soir, presque cinquante ans après, c'est moi, insomniaque perplexe en train de se demander si c'était un si bon plan que ça de décider de ne pas dormir et s'il ne faudrait pas aller voir du côté de Persée, roi de Macédoine, dont je me souviens vaguement qu'il est peut-être bien mort, lui aussi, comme Ronsard, mais dans les prisons romaines, de privation de sommeil.

Quel rapport ? Il y a, aujourd'hui encore, à la Zahia, mon autre maison, une nuée d'oiseaux qui, chaque matin, en fidélité à leurs ancêtres qui ont inspiré à Los Bravos leur chanson, chantent *Black is black.* C'était Noël 1966. Encore l'ère Getty et avant, donc, Alain Delon. Et c'est le seul Noël de l'Histoire où ont, de surcroît, réveillonné ensemble les Stones et les Beatles. Heureusement qu'il reste des vrais paranoïaques pour voir qu'il y a une logique à (presque) toute chose.

5

L'autre problème avec le noir, ce sont les bruits. On n'y voit rien, mais on entend tout. Et la bande-son, comme dans les films de Debord, est inversement proportionnelle au noir de l'écran.

Cette sirène… Ce klaxon… Ce grincement de freins d'un camion, au loin, dans l'avenue… Little Siam que je n'ai pas vu passer mais que j'entends miauler depuis son coin… Le gars, là-haut, dans la chambre de service, qui semble s'être levé… Chez celui d'à côté, des coups bizarres, peut-être un marteau, ça sent le travail au noir… Chez la *serial mother* aux six enfants de l'immeuble mitoyen, juste derrière le canapé, un bruit de canalisation – déjà ? n'est-il pas trop tôt pour l'école ? à moins que ce ne soit un des marmots qui part en vacances de neige ? Ou, chez un autre, je n'arrive pas à savoir lequel, l'impression d'entendre une radio…

C'est absurde, évidemment. Car c'est ici, le bruit de radio. C'est mon ordi qui fait du zèle et se met à chercher tout seul si on meurt ou non d'insomnie. Et je n'ai, de toute façon, jamais possédé de poste de radio. Je me souviens de la pièce de Jean-Paul Aron, *Les Voisines*, au Petit-Odéon. Qui, là aussi, s'en souvient ? Je cherche. Rien. Peut-être la fatalité du patronyme. Et cet autre Aron, Raymond le Grand, dont il aimait dire qu'il était le cousin, qui a pris toute la lumière et qui répondait, en fermant drôlement les yeux et en tapotant des doigts sur son bureau, l'air d'un vieil aveugle qui cherche à tâtons son assiette de biscuits : « Jean-Paul Aron ? Je vois vaguement… ».

Pas de justice immanente, non. Aucun Dieu pour faire le tri et reconnaître les siens. Et un second Aron peut disparaître corps et biens, rayé de la liste, non seulement des vivants, mais des morts. En la circonstance, c'est dommage. D'abord, parce qu'il était drôle avec sa mâchoire carrée, ses lèvres en cœur et son sourire féroce. Ensuite parce qu'il était là, le jour de la circoncision d'Antonin – et heureusement ! car le rabbin était si déçu ! il s'attendait à une circoncision grand genre ! or, à part lui qui n'était là que parce que, quoique gay, il était fou de la maman, il n'y avait que de vieux copains, juifs obscurs, même pas polonais, ni forcément nés en France, vu que c'était après la mort de Goldman. Et puis personne n'a mieux dépeint, enfin, l'horreur du voisinage.

Les bonjours soupçonneux. Le mec dans l'ascenseur qui se croit obligé de dire « bonne continuation ». Ou celui qui, pendant le Covid, dénonce l'infirmière pleine de miasmes, ultra-virale, qui vient d'emménager dans l'immeuble ou le petit vieux qui a été vu trois fois trottinant vers la supérette. Qu'est-ce qu'Aron aurait dit de ça ? Amis, oui. Voisins, non. Et sûrement pas amis parce que voisins. Ou alors c'est Péguy et ce dialogue avec Halévy qui est au cœur de mon débat avec Moix, Lapaque, Finkie et autres péguystes : n'y dit-il pas qu'on ne peut être amis que quand on est « pays » ? pourquoi pas, tant qu'il y est, de la même génération ? et qu'est-ce que je fais, dans ce cas, de Baptiste, Nathan, Mohsin, Zoé, Florine, Alexis, Stéphane devenus, vu les rangs qui se clairsèment, parmi les plus précieux de mes amis ?

Bon. Ça ne va pas. Ça ne va décidément pas bien du tout. Et je me demande si je ne devrais pas, pour me calmer, faire une exception à ma doctrine anti-sommeil et essayer de penser que je suis sur un lac, en canoë et pas sur ce canapé – il paraît que, pour les soldats américains, ça marche.

6

D'autant qu'il y a les autres bruits, dans ma tête, qui profitent de la situation.

Ce bourdon. Ce fracas de bielles. L'arrivée de la benne à ordures, ce n'est pas possible non plus, ce n'est pas l'heure. Le ricanement des murs, en carton-pâte comme chez Kafka. Ces mots chuchotés, criés, murmurés à nouveau, viens mon amour, viens, je t'en prie, je suis revenue, toi aussi, on ne se quittera plus. Et ce râle. Et cet aboi dans le lointain. Et ce tss tsss de tissu qui se déchire. C'est le bruit que faisaient les chats de Klichtchiïvka, la dernière nuit, dans la tranchée. Et, avant, le grognement faible des chiens détalant quand les pick-up arrivaient dans les villes mortes du Darfour. Et, avant, le dernier râle de N. à l'hôpital Kosevo de Sarajevo – avec ces larmes, qu'elle ne sent plus, sur son visage resté si beau.

Mais, alors, à quoi bon ne pas dormir si c'est pour faire les mêmes cauchemars ? A quoi bon résister au sommeil si j'entends, comme en rêve, à l'époque où je faisais des rêves, les mêmes bruits non attribués ? les mêmes esprits frappeurs et grincements fantômes ? ou les pleurs des enfants de Koupiansk venant de perdre une dent de lait et découvrant que la petite souris n'est pas passée ? ou le souffle des vieilles dames traînant leurs valises, à Bakhmut, dans la neige sale, jusqu'à la voiture des têtes brûlées du groupe Mozart venues à leur secours ? ou, dans un champ de bruyères, près de Maglaj, la détonation de l'obus fauchant Miroslav, mon premier mort de Bosnie, réduit à un trait, à trente mètres de moi ? et puis, une fois de plus, les morts, les pauvres morts, des guerres oubliées couvertes pour Colombani et Plenel ?

Ma mère vient de mourir. Et, comme je ne sais plus quoi faire de ma vie, j'appelle Colombani et Plenel qui sont alors à la tête du *Monde*. Vous voulez des reportages ? C'est d'accord. Mais faisons un pacte. Seulement (première condition) si ce sont des guerres qui durent depuis, au minimum, dix ans. Si (deuxième condition) elles ont, au compteur, un nombre de morts à six chiffres. Et si (condition numéro trois) votre journal ne leur a, depuis, par exemple, cinq ans, consacré que des dépêches d'agence.

Tu n'y penses pas, m'a répondu le jeune Plenel ! Tout ce qui est dans *Le Monde* est réel, tout ce qui est réel est dans *Le Monde* ! Ne sommes-nous pas la prière de la mi-journée des Intelligents ? Le Courrier de l'Universel ? Le Journal Officiel de l'Evénement ? Eh bien Plenel se trompait. Je le lui prouvai en trois clics. Comme il était fair play, il l'admit sans difficulté. Et c'est ainsi que j'ai passé l'année, du Burundi en Colombie, d'Angola au Sri Lanka, du Sud-Soudan aux monts Nouba, à noyer mon chagrin dans la douleur des autres et, quand je n'y parvenais pas, à me dire : « mourir pour mourir… n'est-ce pas le moment ou jamais de sortir du rang des meurtris et de mourir plus haut que dans son lit ? ».

Mais j'étais déjà trop vieux pour faire un jeune mort. J'ai dû me contenter, comme les Grecs en deuil, de me rouler dans la cendre de ces guerres intouchables pour en faire des reportages. Et me voilà, vingt ans après, avec ces corps flambés, ces yeux vides des survivants, ces visages d'anges eczémateux, qui me tournent dans la tête. Qui, aujourd'hui, pour s'en soucier ? Qui pour les morts sans nom, sans tombe, sans archive ? Et où étaient-ils, les « amis du peuple palestinien », quand on tuait comme on déboise dans ces contrées dont je suis, si ça se trouve, le seul à me souvenir, cette nuit, dans mon insomnie ?

Le coup du canoë ne marche évidemment pas…

7

Vice versa, patate, m'objectent les pseudo-progressistes d'aujourd'hui. Est-ce que vous vous souciez, vous, des morts de Gaza ? Est-ce qu'ils vous empêchent de dormir, salaud de sioniste, les enfants tués, fauchés dans la fleur de leur âge, de Khan Younès et de Rafah ?

Ah, les cons ! S'ils savaient... Bien sûr que je m'en soucie. Et bien sûr qu'ils me travaillent, me hantent et, pour tout dire, mais ça leur ferait trop plaisir, m'empêchent, en effet, de dormir.

Car il y a le BH de jour. Celui qui dit et répète que Tsahal, comme à Beyrouth, n'avait pas le choix et a fait ce qu'elle pouvait. Celui qui a cent fois écrit qu'elle prévient, téléphone, envoie des tracts, des ultimatums, des soldats pour escorter ceux qui veulent fuir mais en sont empêchés par un Hamas mesurant, lui, sa victoire au nombre de civils qu'il va pouvoir brandir, non comme des victimes, mais comme des preuves. Et celui qui, non content de se souvenir de Dresde, Hiroshima, ou Saint-Lo détruite par les Alliés, a vu, de ses yeux vu, Mossoul rasée par les forces spéciales irakiennes, épaulées par la France et les Etats-Unis en guerre contre Daech : ne court-il pas les plateaux, celui-là, aux Etats-Unis comme en Europe, pour rappeler qu'il en a même fait un film, ARTE, grande écoute, belle audience – et que l'idée des civils de Mossoul mourant pour que meure Daech ne semblait, à l'époque, gêner personne à part lui ?

Mais il y a le BH de la nuit. Il ne croit certes pas, celui-là, aux histoires, propagées par les désinformateurs des Nations unies, d'apartheid, de génocide ou, aux dernières nouvelles, de chiens dressés pour violenter les Palestiniens dans les prisons. Et, quand il entend ça, lui vient d'ailleurs en tête, il s'en excuse mais c'est ainsi, l'image, non des chiens, mais des chats dont des laborantins écossais ont découvert que la privation totale de sommeil leur est plus fatale que la privation de nourriture (et, aussi, par une association d'idées absurde mais qui dit bien l'état présent de son esprit, ce concours d'insomnie, à Kyiv, dont le vainqueur a tenu sept jours et sept nuits, en récitant du Taras Chevtchenko, puis est mort). Mais qu'il y ait eu des sévices dans des prisons de Tel Aviv, qu'il soit arrivé à l'administration de s'y conduire comme l'armée française en Algérie ou américaine en Irak, qu'il se soit trouvé des unités de terrain pour oublier, dans l'action, les règles du *Tohar HaNeshek*, la *pureté des armes*, code de l'armée israélienne, et qu'on ait ainsi tiré le vin d'une terrible colère, il conserve, je conserve, assez de lucidité pour savoir que c'est possible.

Quant au fond… J'ai les idées claires, aussi, sur le fond. J'ai passé ma vie à dire qu'une vie vaut une vie et que rien ne vaut une vie. J'ai fait doctrine de l'obligation de ne pas trier entre les morts et de leur reconnaître la même éminente dignité. Eh bien, pas de question. Ces enfants palestiniens tués par des obus israéliens parce que les combattants du Hamas s'en sont fait des boucliers, ces petits corps carbonisés, ces visages aux pupilles vides, aux dents grises, plus nus que nus et dont le seul tort fut de naître et vivre à Gaza, le BH de la nuit les pleure, eux aussi, comme s'ils étaient ses fils. Il pleure les jeunes soldats de Tsahal tombés pour que vive leur pays. Mais il pleure, aussi, les enfants sacrifiés par le Hezbollah et le Hamas

Je prends, d'ailleurs, le pari. Ce n'est pas une compétition, c'est un pari. Mais je suis sûr que mes larmes sont plus sincères, plus douloureuses, que celles des abrutis qui, à Paris, sachant à peine où est Gaza, s'arrêtent à ma hauteur, baissent leur vitre et aboient : « et les enfants de Gaza, salaud ? le peuple aura ta peau ! ».

8

Quand, avec Benny et Finkielkraut, du temps de l'Institut d'études lévinassiennes de Jérusalem, nous faisions une conférence, il y avait toujours le même rabat-joie qui se reproduisait de ville en ville et qui, se levant au moment de la séance des questions, nous interpellait, du fond de la salle : « et les Palestiniens dans tout ça – est-ce qu'ils ne sont pas, les Palestiniens, votre angle mort ? ».

Quel drôle d'attelage nous faisions, quand je nous revois, tous les trois ! Finkielkraut ébloui de tout, enfantin, réactionnaire de charme et, sauf quand il embouchait les trompettes du désastre, assez gai. Benny, heureux de ce compagnonnage qu'il dominait et qui lui offrait le sentiment de renouer avec son passé de grand dirigeant. Et moi qui, comme dans l'autre trio que nous formions, au même moment, autour de notre grand projet inabouti de film sur la Shoah, avec Claude Lanzmann et Jean-Luc Godard, cuvais en secret mon *Esprit du judaïsme* (ne devrais-je pas, soit dit en passant, rendre publique, un jour, l'entière archive de ce projet godardien dont personne, ou presque, ne se souvient ?).

Benny, quand venait la question, prenait le micro. Il surjouait le chef qui ne peut laisser à personne l'arbitrage d'une affaire aussi sensible. Il ressemblait à Alan Ladd, dans *L'Homme des vallées perdues*, quand arrive l'heure du duel avec Jack Palance et qu'il dit à ses compagnons : « laissez-le-moi, c'est personnel ». Et il me faisait aussi penser à Monsieur Laglaine, mon professeur de judo du club des Batignolles, à qui un chauffard, à un feu rouge, avait lancé « descends te battre si t'es un homme » et qui était descendu, mais cool, ultra-poli, assurance excédée de l'homme qui sait qu'il lui suffira d'une pichenette pour atomiser l'imprudent : « vous êtes sûr ? vous voulez vraiment vous battre ? » – et l'autre, comprenant tout, avait bredouillé trois mots et était rentré dans sa voiture : « excusez-moi, c'est une erreur ».

Pour mon père, à qui j'avais raconté la scène, c'était ça, la vraie force. C'est pour ça que, dès six ans, il m'avait inscrit dans un club de judo, de jiu-jitsu et, jusqu'à ce que l'excès de *shuto uchi* donne des callosités au tranchant de mes mains d'enfant, de karaté. La vie est une guerre, disait-il.

Celle des Juifs une guerre totale. Il te faudra être capable de rendre coup pour coup et, quand tu seras le plus fort, de ne pas répondre du tout. Eh bien Benny, fort de sa force de judoka de la pensée qui avait, dans l'une de ses vies antérieures, été le plus propalestinien des maoïstes français, faisait pareil et murmurait juste, au micro, du même air excédé que Monsieur Laglaine : « pas ça, pas moi – la nation palestinienne, je connais… c'est moi qui l'ai inventée… » – et le rabat-joie, loin de s'offusquer et de crier à l'insupportable négation-des-droits-légitimes-du-peuple-palestinien, comprenait, ravalait sa question et se rasseyait.

Benny, dans la théorie, avait raison. Et c'est vrai que le nationalisme palestinien est une invention récente, liée au gauchisme de l'après-guerre et donc à lui, Benny, qui en fut l'ultime et plus brillant surgeon. Mais dans la réalité ? Ces vidéos postées sur les réseaux ? Ces images de civils innocents que j'essaie d'éviter dans la journée et qui, maintenant, me reviennent ? Cette mère, là, face à moi, portant, dans un drap blanc souillé, le corps de son enfant ? Cette nuit, je n'y arrive pas. Elles me rendent aussi fou que les morts du Burundi. Et c'est, dans mon cerveau, une ronde insupportable. Benny ne serait pas d'accord. Mais c'est ainsi. Je hais ce bureau où les trolls pro-pal me font trop de mal. Je retourne à la salle à manger.

9

Car ça devient une obsession. Il faut vraiment que je me mette au clair, une bonne fois, cette nuit, avec ces histoires de gauche et d'ultragauche. Je ne dois de comptes à personne. Cela fait longtemps que, comme Barthes découvrant qu'il lui était devenu indifférent d'être moderne, il m'est indifférent d'être de gauche et que je n'en ai strictement rien à faire d'être bien vu par *Les Inrocks* ou les Insoumis. Mais par les enfants, non. Je détesterais que Suzanne, Lucien, Anatole et, un jour, Augustine, Madeleine, Colette, me voient comme un rebelle assagi, ayant tourné casaque et étant passé, comme disait mon cothurne Hocquenghem, du col Mao au Rotary. Et à eux, oui, je suis prêt à expliquer que j'ai gardé vivant, en moi, le souci du monde et d'autrui, celui d'une Internationale qui doit être le genre humain et devrait déjà être, pour commencer, la voix de la France chez les Kurdes, les Ukrainiens ou les Syriens – et puis, accessoirement, comme nous le disions, après les surréalistes, avec Isabelle ou Butel, le souci de vivre comme personne n'a vécu, d'inventer de nouveaux sentiments et de refaire un cœur à ceux qui n'en ont plus.

Mais les autres ? Ces insoumis d'aujourd'hui qui, de la Russie au Venezuela, et de l'Iran à Cuba, se soumettent à toutes les dictatures ? Ces salauds qui ne trouvent rien à redire à l'invasion de l'Ukraine, trouvent que Poutine, en Syrie, avec Bachar al-Assad, a fait du bon travail et maintiennent que le 7 Octobre était un acte de résistance ? Ces petits esprits drogués à la propagande poutinienne, au TikTok chinois, au hamassisme des imbéciles ? Ce monde comme un décor où le Grand Soir ressemble à Halloween et où Saint-Just est grimé en Tartarin de Tarascon ? Ces parodies, ces simulacres, ce côté rentier de la Révolution, cet usage kitsch et ectoplasmique des figures légendaires de notre jeunesse ? Cette prétention à reprendre le flambeau quand on ne sait même plus craquer une allumette ?

Je n'y peux rien si cette gauche est devenue si bête. C'est son problème si elle est devenue souverainiste, donc nationaliste. Antisioniste, donc antisémite. Et encore ! Elle ne prend même plus la peine, maintenant, de passer par la case antisioniste ! Ne va-t-elle pas direct à l'antisémitisme le plus crasse quand elle manifeste, à Sarcelles, avec les islamistes de l'UOIF ? quand elle trouve normal qu'un lycéen, à Courbevoie, en veuille à sa petite amie de lui avoir caché qu'elle était juive et la fasse violer, pour la peine, par ses copains ? ou quand elle ne trouve rien de choquant à ce qu'on sorte des femmes, parce que juives, du défilé des féministes le jour international des Droits des femmes ? La République c'est peut-être eux. Mais la gauche, alors, c'est moi.

Cette idée devrait me réjouir. Ou me faire rire. Mais, cette nuit, je la trouve atroce. Quelle heure est-il ? 2h50. Ça fait deux nuits que je ne dors pas. Trois si je compte la nuit d'avant, où j'ai pris mon somnifère à 1 heure et ai mis mon téléphone à sonner à 3 parce que *Le Point* était en bouclage avancé et que, depuis trente-trois ans que ça dure, je n'arrive toujours pas à m'avancer quand le bouclage est avancé. Serait-ce la nuit de trop ? J'ai envie de pisser, tout à coup. Mais pas le courage d'aller à ma salle de bains. Le lavabo invités, alors ? Comme dans *A bout de souffle* ? Oh ! Ce teint cireux ! Belmondo, sous son borsalino, n'avait pas la tête comme une volière et avait, indiscutablement, meilleure mine.

10

Le wokisme, c'est l'inverse. Quoi ? Le wokisme maintenant ? Ce sujet rebattu du wokisme alors qu'avec la tête qui chavire, de la gélatine (et des spectres) dans le cerveau et errant dans cet appartement que j'aime mais que je confonds soudain avec le précédent, et le précédent encore, et d'autres, j'ai déménagé si souvent ! j'en suis à me demander si, faute de borsalino, je ne devrais pas changer vraiment d'avis et dormir ? C'est comme ça. Je ne choisis pas.

Pour la pensée du jour, le wokisme n'est pas entièrement débile. Je suis désolé, cher JB. Je sais que tu vas me trouver « luthérien ». Mais prends la langue – la tienne, la nôtre, la belle langue de France : il n'est pas totalement absurde de soutenir, comme Roland Barthes, qu'elle « est fasciste » quand elle véhicule, mine de rien, sans le dire tout en le disant, les mots de la haine et de la violence. Prends les livres, les œuvres d'art, l'extraction, l'équarrissage et la levée des pierres servant aux cathédrales qui te sont si chères : ce n'est pas faux de dire – c'était la thèse de Freud – qu'ils sont le fruit du malheur. Et puis le désir, l'amour charnel, femmes et hommes, hommes et hommes, femmes et femmes, trans : tu en connais, des rapports amoureux, te diraient Baudelaire ou Lacan, qui, dès lors qu'ils sont passionnés, n'impliquent pas une part d'aliénation et, comme on dit de nos jours, d'emprise ? Alors, on peut toujours, bien sûr, *canceliser* Baudelaire et Lacan. On peut décider que la pensée s'est arrêtée à Tipasa, avec Camus, et rayer d'un trait de plume ce moment de haute température de la pensée qu'a été le structuralisme. Mais, si on ne le fait pas, on ne peut pas nier que la méchanceté, la cruauté, donc le racisme et l'antisémitisme, sont incrustés dans les manières de penser et que les wokistes n'ont pas complètement tort de dire « c'est systémique ».

Mais après ? une fois qu'on a dit ça, on fait quoi ? C'est là qu'on entre dans la pensée de la nuit. Et là que les wokistes dérapent et deviennent en effet des fachos. Car faire des efforts, d'accord. Réformer son entendement, ok. Et on peut même lire *Lolita* avec un regard critique si l'on y tient. Mais on ne le réécrit pas ! On n'arrête pas de lire et d'enseigner Nabokov ! On ne fait pas comme les Cathares qui, soupçonnant que l'homme était une espèce ratée, en concluaient qu'il fallait arrêter de procréer et donc de s'aimer ! Et on ne s'enferme pas chacun dans son identité, c'est-à-dire dans son terrier, en envoyant aux pelotes l'universalité du genre humain. Tant de bêtise m'énerve, à la fin ! C'est leur fascisme, bien sûr, qui me scandalise chez les Woke. Mais c'est aussi l'inculture crasse qui leur fait répéter, non comme des chats, mais comme des ânes, « déconstruction ! déconstruction ! » sans avoir idée que déconstruction, chez Derrida, n'a jamais voulu dire destruction ou démolition. Tout ça est une question de niveau. La gauche d'aujourd'hui n'est simplement plus au niveau. Et c'est pour ça qu'elle ne sait plus distinguer entre un mouvement de libération et un gang génocidaire.

Où est Siam ? Je ne le vois plus. J'ai toujours peur qu'il se sauve lui aussi. Et, souvent, je vais vérifier. Mais non. Il doit dormir, là, sous mes yeux, fondu dans un coussin. Je l'envie, ce petit sphinx allongé qui semble « s'endormir dans un rêve sans fin ». J'envie les éléphants, les girafes, les chevaux, les méduses qui dorment comme des bébés – et, plus encore, les tortues des Galapagos qui dorment seize heures par jour et vivent (du coup ?) cent vingt ans. Il faudrait savoir comment Benny dormait.

11

La vérité c'est que j'ai peur, maintenant. Le jour, je n'ai peur de rien. Ni de la mort. Ni de la maladie. Ni, à Lyptsi, à la frontière avec la Russie, de courir à découvert, sur un kilomètre, et retour en sens inverse après canonnage d'une position russe dont on peut craindre que les survivants, s'il y en a, se vengent et nous dronent. Ni de la meute à mes trousses depuis cinquante ans. Et puis cette drôle de vie, entouré de policiers, depuis vingt ans : je ne m'en plains jamais ; j'élude quand on m'en parle ; je ne sais même pas si c'est les Russes, les Iraniens, les Iraniens manipulés par les Russes, l'inverse – ou, maintenant, des petites mains tunisiennes puisqu'il paraît, d'après *Le Monde*, que je serais accusé, à Carthage, d'atteinte à la sûreté de l'Etat et, d'après *Mondafrique*, que je risquerais, pour cela, la peine de mort par contumace.

Je n'ai peur de rien de tout ça. Mais, la nuit, tout prend des dimensions. Tout change, comme dirait Aragon, de pôle et d'épaule. Et, alors que, le jour, ça me fait plutôt rire d'être au centre de ce complot tunisien loufoque et de savoir qu'un dictateur a lancé un mandat d'arrêt contre moi, alors que je m'en tiens à la ligne « l'antisémitisme je m'en fous » qui était celle de *Hôtel Europe*, alors que je dis et répète « ça ne m'a jamais empêché de dormir, moi, qu'il y ait des antisémites car le tout est d'être assez fort pour être sûr d'être longtemps le plus fort », la nuit, il n'y a plus de force qui tienne, plus de Juifs puissants ou vulnérables, de grands et de petits Juifs – il n'y a plus que des Juifs et j'ai peur.

Je vois une arrivée à Zurich. Une escale à Istanbul, comme chaque fois que je vais au Kurdistan, au Tadjikistan ou – ça ne m'est pas arrivé depuis un certain temps – en Afghanistan. Ou même le vol AF 365, au départ de Philadelphie. Monsieur Lévy, je présume ? Auriez-vous l'obligeance de nous suivre ? Et, parce qu'un dictateur tunisien s'est mis en tête, un beau matin, d'entrer mon nom dans la machine à broyer, non du Noir, mais du Juif, parce que le Juif est, désormais, et jusqu'à nouvel ordre, blanc, donc criminel, et parce que mon passeport, à l'autre bout de la chaîne, c'est-à-dire à Istanbul, Philadelphie ou Zurich, vient de faire « Tilt » dans l'ordinateur d'un douanier, l'implacable mécanique se met en branle.

Le merveilleux Zimeray saute dans le premier avion. L'ambassadeur Norpois local s'agite comme il le peut – mais, même s'il ne le sait pas, il me hait et, en plus, il ne peut rien. Macron appelle Erdogan qui est dans un de ses mauvais jours comme la fois où il m'a vu, en pleine nuit, surgir sur son écran télé en train de couper une pomme, à Erbil, avec le président Barzani. Et je me retrouve, en un clin d'œil, Solal dans sa cave, abandonné de tous, avec sa naine, déchu. Ou l'Israélite français de Levinas, en sa demeure aux tentures arrachées, aux rideaux enflammés et le vent qui hulule tandis qu'arrivent les légions nazies, islamistes ou mélenchonistes. Ou, tout simplement, ce « BHL » qui me ressemble comme un frère et a vu une foule de déchaînés manifester, en vrai, devant son café préféré, en exigeant que, le jour où Le Pen, ou Mélenchon je ne sais plus, sera enfin au pouvoir, on le lynche, on le brûle et on lui confisque, *sic*, ses biens.

Ça se retrouve. La séquence, sur Google. Mais aussi « les biens » dont mon père disait qu'ils ne comptent pas – car ma seule richesse, c'est mes livres et mon corps.

12

C'est un déluge, maintenant. Les arbres qui grelottent. Les éléments en furie. Le tonnerre. Et bientôt, si ça continue, la pluie de soufre de la fin de *Hôtel Europe*. Alerte orange ? rouge ? C'est la première question que je posais, enfant, à ma mère, le soir, quand il avait fait spécialement froid, ou chaud : est-ce que c'était un record ? un vrai ? et depuis quand ? Mais c'est en moi, cette nuit, qu'est l'orage. En moi, si je ne fais pas gaffe, le record des nuits sans sommeil d'affilée. Et en moi, le petit animal aveuglé qui n'a plus envie ni de lire, ni d'écrire, ni de téléphoner, mais de se terrer.

J'ai toujours pensé qu'il y avait, derrière tout suicide, une cause bassement, chimiquement, matériellement matérielle. Baudot, c'était le manque d'argent pour acheter sa dernière ligne de coke. Ivan s'était trompé de boîte, et de pilule, et c'est peut-être ce qui a fait qu'il s'est jeté par la fenêtre. Et toi, Philippe, mon frère, le seul, j'écris ton nom pour la première fois, n'est-ce pas, toi aussi, parce que la nuit, cette nuit-là, était trop noire et que tu n'en pouvais plus de vivre avec tes fantômes ? Je me revois, quand l'hôpital Beaujon m'a appelé, filant, comme un fou, dans le brouillard de décembre où l'on n'y voyait pas à trois mètres : Monsieur Lévy... votre frère... défenestré... six étages... seul un miracle... venez vite... et le miracle (laïque) fut.

Je n'en suis pas là, heureusement. Je suis, pour le coup, le gardien de mon frère et n'ai pas le droit d'en être là. Mais c'est vrai qu'on n'a plus, dans le vrai noir, aucun appui. Ni au sol, qui se dérobe. Ni au-dessus de la tête puisque pas d'étoiles, juste des nuages, et encore, on ne les voit pas. Ni dans les livres dont les lettres dansent sous vos yeux et ne veulent, soudain, plus rien dire. Et puis le temps en pente faible, avec ses minutes lentes, qui ne passent plus. C'est la formule de l'immortalité, normalement. Donc, ça devrait être le rêve. Mais, là, c'est un supplice. On suffoque. On ouvre grand la fenêtre, malgré le froid. On demande grâce.

On est parti comme en 14 sur le thème : jamais aussi vigilant, intelligent, lucide que dans la nuit noire... On pensait, comme Goethe : ce qui grandit, dans la nuit, ce n'est pas l'ombre mais la lumière et on va en tirer de belles pages. On se disait que dormir c'est mourir un peu et qu'on a bien trop peur de mourir pour dormir. Et on songeait qu'on allait en profiter pour retrouver ses morts et que, comme Enée, conduit par la Sibylle, jusqu'au frais vallon, après le Styx, où se tenait le vieil Anchise, on allait peut-être retrouver son père. Mais manque, soudain, le rameau d'or. On entend une voix qui dit : facile est d'aller, difficile de revenir. Et la vérité…

Oh ! la vérité c'est qu'il n'y a pas que Duras qui s'est trompée. Goya aussi. Ce n'est pas le sommeil de la raison qui engendre les monstres. C'est le non-sommeil. C'est la veille. C'est l'insomnie qui les réveille et déclenche, dans la tête, l'affreux sabbat. Lautréamont le savait. Il n'ignorait rien de ces frayeurs, de ces cris qui ne sortent pas, de cette suée malgré la fenêtre pas refermée. Il a, comme son disciple, Debord, entendu les voix qui montent des viscères du monde et en a conclu, lui aussi, que nous en sommes réduits à « tourner en rond dans la nuit » et à être « dévorés par le feu ». Conscience sans lumière n'est que ruine de l'âme. C'est décidé. Je dors.

CHAPITRE 4

Le cœur des ténèbres

1

Voilà. Retour dans mes draps. Doucement. Sans faire de vagues. A. semble dormir. Et j'ai le choix. C'est ce qui est formidable avec le monde enchanté des somnifères : on a un choix vertigineux. Il y a l'Imovane qui laisse frais et dispos, au réveil, mais que j'ai toujours trouvé trop *light*. Le Havlane, léger aussi, recommandé pour les insomnies de milieu de nuit – mais encore faut-il y arriver, en milieu de nuit ! Le Mogadon, plus fort, durée d'action plus longue, mais on est mal le lendemain. Le Rohypnol, pire, huit à dix heures de sommeil – mais, pour le coup, c'est trop. Le Quviviq, récent, efficace, mais sommeil agité, hallucinations, pire que tout. Le pentobarbital, utilisé pour l'euthanasie des animaux et nom nouveau du Véronal de Montherlant et Drieu – danger donc ! sanitaire et idéologique ! Le Bromazépam, alias Binoctal, que je cachais sous mon matelas quand je préparais l'Ecole normale et l'Agrégation – c'est avec ça que Jean-Pierre Rassam avait fait son overdose et ma mère, folle de cinéma, avait interdit au pharmacien Benesti de m'en donner. L'Imménoctal, qui ne se fait plus non plus, mais dont j'ai dû garder, quelque part, un fond de boîte. Le Dépamide, prescrit pour les épilepsies, déconseillé aux femmes enceintes à cause de son fort pouvoir tératogène – c'est ce que prenait Lacombe, non en prison où il dormait comme un nouveau-né, mais chaque fois qu'il en sortait et qu'il devait réapprendre la vie d'homme libre. Le Valium – mauvaise réputation mais ne m'a jamais fait plus d'effet que de me calmer avant un rendez-vous à enjeu existentiel fort et intérêt intellectuel nul. La Dépakine, même chose, plus risque de chute des cheveux. Le laudanum d'Artaud – on en trouve encore, sur le dark web, à base de pavot, basilic et menthe citronnée. Il y a des molécules (la mélatonine et son précurseur, la sérotonine) qui donnent, paraît-il, des sommeils doux comme des hautbois et frais comme des chairs d'enfants mais qui, moi, ne me font rien – et d'autres, corrompues, riches, triomphantes (le Propofol qu'on se faisait injecter, avec Isabelle, en intraveineuse, à Batopilas, Sierra Tarahumara, Etat de Chihuahua). Il y a les produits qui traitent, aussi, la dépression : le Nuctalon, variante du Mogadon (surtout si on lui associe, le matin, un quart d'Adderall) et ceux qui abrutissent : le Mildac 600 (mais correction possible, en cours de nuit, par 100 milligrammes de Modafinil, 10 de Cortancyl ou un spray nasal d'hormone de croissance). Il y avait la Mépronizine qui avait le merveilleux pouvoir, au réveil, de me donner à voir, en un coup d'œil, comme les mourants leur vie, le livre en cours (une coalition de crétins, peut-être écolos, en tout cas anti-labos, l'a fait retirer du marché). Toujours Proust, mais à l'envers. Pharmacopée, non des rêves, mais des réveils. Ou Thomas de Quincey, mon idole à l'époque où je survivais en trafiquant des caisses de whisky entre Goa et Bombay : « toi seul possèdes les clefs du paradis, ô juste, subtil et puissant opium ! ». A chacun, hélas, on s'accoutume. Il faut donc toujours varier. Et voici mon chouchou du moment : bloquant la transmission des signaux au niveau du système nerveux central, durée courte, à peine trois heures, parfois quatre, mais au moins est-ce trois heures, ou quatre, de sommeil bien lourd, bien costaud, sans rêve – le sympathique Stilnox. Ai-je besoin de plus, de toute façon ? Il est déjà 4 heures. Et mon rendez-vous est à 9.

2

Il y a un inconvénient avec les somnifères. C'est que ça marche, comme tout, dans les deux sens. Plus d'idées suicidaires, ok. Finies les nuits blanches et leur cortège de monstres goyesques, parfait. Et que je puisse m'affairer, m'agiter, travailler si ça me chante, faire du sport, marcher, rallumer mon téléphone et appeler un dernier malheureux qui, comme moi, passe la moitié de ses nuits à ne pas dormir, sans que cela m'empêche, au bout d'un temps toujours le même, de m'effondrer et de tomber dans le sommeil comme mon adorable grand-mère illettrée dans mes cauchemars d'enfant, c'est un avantage et une sécurité considérables. Mais il y a l'envers de l'avantage. Imaginons qu'à l'instant fatidique, quand la pilule aura fini de fondre sous ma langue, qu'elle aura fait son chemin dans mon sang et dans le dédale de mon système nerveux, je ne sois pas sagement dans mon lit en train d'attendre – il se passe quoi ?

J'ai fait l'expérience. J'avais à terminer un texte pour une rétrospective des huiles de Martinez. J'avais aussi, pour être honnête, le projet vague, comme avec l'anesthésiste, d'être plus fort que la chimie et de battre mon record personnel de bras de fer avec l'hypnotique. Et je me suis donc dit : « vu que j'ai le droit de faire ce que je veux, danser si ça me fait plaisir, me balader dans l'appartement, vérifier si Little Siam dort et que, quoi que je fasse, le sommeil me terrassera, pourquoi ne pas rentabiliser le temps qui me reste, l'utiliser jusqu'à la dernière fraction de seconde et rester à mon bureau pour peaufiner ma prose ? ».

Mais, alors, malheur ! J'ai été battu par le compte à rebours. Et, arrivé dans la chambre une minute trop tard, pas deux, une, patatras ! La pilule, c'était du Rohypnol, fut impitoyable. Je me suis étalé sur le meuble mexicain. Puis, dans le même élan, sur le guéridon à fétiches, broches, épingles à cheveux, flacons, tasses et boîtes à secrets de A. qui était, lui aussi, sur mon chemin et qui s'est effondré dans un bruit de verre et de métaux froissés.

« Que se passe-t-il, s'est écriée A., de sa voix du soir qui est la seule chose dont je me souvienne vaguement et qui tendrait à confirmer qu'elle ne dort qu'à demi tant que je ne me suis pas décidé à me coucher vraiment ? Vous êtes blessé ! Vous saignez ! » Et moi, les yeux ouverts, me relevant, mais endormi, tandis qu'elle me guide vers le lit : « rien, rien, ce n'est rien, je dors ». Et c'est vrai que je dormais, que je n'ai gardé, à part sa voix du soir, aucun souvenir de l'incident et que, n'était une croûte de sang sur la lèvre supérieure que j'aurais pu attribuer à la tendance que j'avais, enfant, à saigner du nez sans raison, j'aurais pensé qu'A., lorsqu'elle m'a raconté, le lendemain, l'histoire, l'avait rêvée.

On ne m'y a plus repris. On ne m'y reprendra plus. Et surtout pas ce soir, avec ce rendez-vous si important que j'ai demain et où je dois être en forme. Quelle heure est-il ? 4 h 35. J'ai déjà mangé trois minutes avec mes énumérations pharmacopiques. Il en reste 33. J'ai les oreilles qui sifflent. Je frissonne. Je me raidis quand monte de la rue le bruit de la benne à ordures, c'est encore trop tôt, c'est toujours pas normal. A part ça, tout va bien. La tête marche. Et je ne ferai, cette nuit, ni mauvaise chute ni bêtise.

3

D'ailleurs non. Ce n'est pas vrai. Ça m'est arrivé encore une fois. Ce n'est pas tout à fait la même histoire. Mais c'est le même principe et la même loi d'airain des hypnotiques.

Je rentre de Philadelphie. Vol AF 365. Celui-là même qui revient dans les cauchemars éveillés où je m'imagine Solal chassé par les Russes, les Iraniens, les Tunisiens qui me cueillent jusque dans l'avion. L'embarquement est terminé. La voix, dans le cockpit, avertit : « ici votre commandant de bord… merci d'avoir choisi Air France… notre temps de vol, aujourd'hui, en raison de vents arrière, sera de seulement six heures… ». Mon Dieu, je me dis ! C'est trop peu ! Car je retire le temps du décollage, 10 minutes. Celui, 30 minutes, qu'il faudra à la cheffe ou au chef de cabine principal(e) avant d'annoncer dans son micro : « nous sommes arrivés à notre altitude de croisière, vous pouvez détacher votre ceinture et vous déplacer dans la cabine ». Le temps, facile une heure, qui sera perdu, à l'arrivée, quand la cheffe, ou chef, de cabine principal(e) nous réveillera, triomphant(e) : « nous allons bientôt entamer notre descente… nous vous prions de relever vos tablettes et d'attacher vos ceintures ». Sans compter, bien entendu, les 36 minutes incompressibles qu'il faut au médicament, dans l'air comme sur terre, pour produire son effet.

Je mets tout ça bout à bout. Je calcule. C'est tout juste si je peux espérer trois heures et demie de bon sommeil. Alors, je n'attends pas. Et, dès la fermeture des portes, avant, donc, le départ du point de stationnement, le roulage, les démonstrations de sécurité, les amabilités de l'équipage, sans attendre le dîner à bord qui, outre le bonheur de pouvoir travailler avec le cerveau bien oxygéné, est mon seul plaisir en avion, je prends ma pilule et entre dans le couloir du sommeil.

Sauf que, là, catastrophe. Ça arrive une fois sur 1 000. Peut-être 10 000. Mais c'est arrivé ce jour-là, sur ce vol, avec moi qui, à bord, avais pris trop tôt mon Stilnox. Incident technique. Excuses du commandant de bord. Retour au point de stationnement. Réouverture des portes. Les passagers sont priés de débarquer par la porte avant gauche de l'appareil. Et j'ai, entre-temps, franchi le cap fatidique des 36 minutes et me suis profondément endormi – assis, le dos raide, comme dans les enluminures du *Roman de la Rose* qui représentent le dormeur assis dans un minuscule caisson, sans place pour étendre les jambes, appuyé sur un bâton que je n'ai pas.

Rien n'y fait. Ni les annonces. Ni l'hôtesse venue me taper gentiment sur l'épaule. Ni le *voucher* pour une nuit gratuite au Sofitel qu'on m'a glissé dans la poche. Ni la passagère qui a tout compris et me guide tel un zombie : « vous aviez les yeux ouverts », me dira-t-elle le lendemain, dans la salle de transit où elle a préféré rester plutôt que de ressortir de l'aéroport, prendre une navette, faire un *check in* au Sofitel, etc., et où nous avons donc dormi, face à face, sur des bancs, en attendant le vol suivant – « vos yeux étaient ouverts, vous aviez le pas saccadé des somnambules, mais vous n'entendiez rien, vous ne répondiez à rien, j'ai rangé votre ordinateur, le voici, heureusement que vous n'aviez pas de bagage enregistré, ne me remerciez pas, c'est normal ». Elle était étudiante à la Juilliard School de musique. Jolie. Je ne l'ai jamais revue.

On ne m'y reprendra plus. J'ai calculé mon coup, cette fois-ci. Je me suis couché bien sagement. Et je vais profiter du moment pour faire quelque chose d'utile, par exemple des textos.

4

Encore que… Je ne peux pas, non plus, envoyer n'importe quels textos. Car la médecine a ses lois. Et en voici une autre. Quand je dis que j'ai 36 minutes de vie éveillée après ingestion de la pilule, ce ne sont pas 36 minutes d'identique qualité. Et 36, en réalité, comme le Un des maoïstes, doit se diviser en deux. Il y a les 18 premières, à la rigueur 19, à l'extrême rigueur 20, qui sont des minutes normales, où je suis moi-même normal, peut-être un peu ralenti, mais où je peux faire ce que je veux et écrire à qui je veux. Mais, après, il se passe un truc gênant. La pensée devient confuse. L'écriture, pâteuse. Je mélange les patronymes, les homonymes, les adresses email, les prénoms. Je patauge dans mes réglages, mes paramètres de confidentialité, mon Bluetooth, mon clavier. Je ne suis plus tout à fait moi. Et ce n'est pas le moment d'envoyer un texto sensible.

Parfois, je passe outre. Je sens bien que je risque de faire une connerie. Mais c'est comme le jour de l'anesthésiste ou de la chute sur le meuble mexicain. Je me dis que je serai le plus fort, lucide jusqu'au bout, etc. Et, là, rien ne va plus ! Je me souviens d'un mail de refus d'un manuscrit que j'avais décidé d'accepter. D'un vieux juré littéraire que le Grasset de l'époque publiait à perte, par complaisance, et à qui je décide de dire qu'il est un fruit sec et, de surcroît, corrompu. Je me rappelle une lettre à un banquier où je confondais yens et yuans et une autre – ce n'est pas vieux ! – où j'expliquais à une amie commune qui ne m'avait rien demandé et qui l'a aussitôt répété : « la preuve que je n'ai rien contre les animaux c'est que j'ai compris Delon quand, vu les fils qu'il avait, il a fait cosigner par son chien Loubo son propre faire-part de décès ». Et je me rappelle – ce n'est pas vieux non plus – cet email lamentable au directeur de la publication du *Monde*…

Je le savais, pourtant, là aussi ! Je me disais : « attendons demain, il sera toujours temps, rien ne presse ». Mais non. Je voulais m'étonner de l'article que son journal venait, le 24 avril 2024, de consacrer à l'absurde affaire tunisienne et que j'avais trouvé complaisant. Et je voulais le faire là, sans délai, tandis que ma colère était fraîche… Au réveil, je me relis. Fautes d'orthographe. Erreurs de grammaire. Insolences inutiles. Et, surtout, erreur de jugement car l'article, se moquant entre les lignes de ce pouvoir paranoïaque accusant un écrivain français, par ailleurs « membre du Mossad », de « propager l'idéologie maçonnique », d'« intercéder pour empêcher la production de phosphate en Tunisie » et d'avoir, « par l'intermédiaire d'organisations caritatives et de personnalités tunisiennes inculpées », œuvré à la « normalisation des relations entre la Tunisie et Israël » était, somme toute, impeccable. La honte !

Le destinataire de la missive aura le bon goût de ne pas accuser réception et de faire, lorsque nous nous croiserons, comme s'il n'avait rien reçu. Mais je ne prendrai pas, aujourd'hui, le risque. J'ai assez de problèmes avec les Russes, les islamistes, les Tunisiens, les gens du Rassemblement national qui prétendent avoir changé, ceux de La France insoumise qui disent qu'ils n'ont pas changé et me mettent une cible sur la tête, pour me brouiller, en plus, avec les gens normaux qui ne me veulent pas encore de mal. Ce soir, no texto.

5

Il y a un autre problème avec le Stilnox. Je suis, pendant ces 36 minutes plutôt heureuses (les 18 premières, normales – mais aussi les 18 suivantes, où je mélange les noms, m'emmêle dans mes messages mais suis, somme toute, calmé et presque joyeux), tenté de lire. Il y a tant de livres que je n'ai pas lus et que je sais que je ne lirai jamais ! Alors, moi qui n'aime rien tant, dans la vie, qu'aimer, écrire, mais aussi lire, je me dis : « chic ! 36 minutes tranquilles... 36 minutes sans anxiété puisque je sais, maintenant, que je vais dormir... je vais pouvoir entrer dans cette réédition de Cesare Pavese qui traîne sur ma table de nuit depuis des mois ! ou dans les *Chemins qui ne mènent nulle part* qui traînent, eux, dans ma bibliothèque, depuis la khâgne et dont je n'ai jamais lu – chut ! c'est un secret ! – que des commentaires de seconde main ».

Je lis donc. Je lis bien. Je souligne, comme je le fais toujours et comme le dévorateur, le mangeur d'opium livresque que j'ai toujours été. Pour peu que je sois en forme et que ce ne soit pas un jour, comme aujourd'hui, où j'ai déjà trois nuits sans sommeil dans la vue, je prends même des notes, en haut de page, en bas, dans les marges, car je considère n'avoir vraiment lu un livre qu'après que je me le suis approprié et l'ai, pour ainsi dire, mangé. Le respect des livres ? Bien sûr. Mais les gens ne comprennent rien. C'est ça le vrai respect.

J'ai beau être au bord d'entrer dans les vapes, c'est clair comme de l'eau de roche : il faut vénérer les livres, pas les idolâtrer – et il faut donc les saloper.

Seulement voilà. Un phénomène embarrassant va se produire. Huit jours passent. Voire deux. Ou même un. Je retrouve le livre au pied du lit. Ou au sommet de la pile coince-rideau où je suis sans doute allé, à la 35e minute, avant de sombrer, le rajouter. Ou, sur mon bureau, revenu parmi les services de presse non triés qui sont la croix de l'opinioniste. Tiens, je me dis alors… Si je lisais enfin ce livre de Pavese ou d'Heidegger que je néglige depuis si longtemps ? Et, quand je l'ouvre, je ne me souviens de rien. Je suis surpris de mes annotations, soulignages, croix et signes dans les marges. J'ai tout oublié. Tout. C'est comme si je ne l'avais jamais ouvert et comme si ces 36 minutes de lecture nocturne n'avaient pas eu lieu. Ardoise magique. Vertige de la mémoire effacée. Alors, si c'est ça, à quoi bon ? Et pourquoi lire s'il ne vous en reste rien ?

Le pire, c'est quand j'ai une conférence le lendemain et que j'essaie vaguement de la préparer. Il n'y a pas de quoi fouetter un chat, en principe. D'autant que j'improvise toujours, pas de texte écrit, ni de notes, juste un bout de papier de la taille d'un ticket de métro. Et j'insiste, par ailleurs, que je suis incapable de fouetter quiconque, même en pensée, et même un chat. Là, par exemple, je l'entends gratter à la porte. Mais, d'abord, je sais maintenant que je vais m'endormir et que ce n'est pas un chat qui, au stade où j'en suis, pourra m'en empêcher. Mais, surtout, je suis gentil, incapable de faire du mal à une mouche et décidé, cette nuit, à le laisser vivre sa vie de chat irrespectueux. N'empêche. J'aime bien me rafraîchir les idées. Mémoriser un chiffre, une date, une citation. Alors je cherche. Je passe mes 36 minutes à bouquiner, noter un truc, songer à une esquisse de plan. Le lendemain, j'ai tout oublié – et j'arrive à la conférence en ne comptant que sur mes réserves.

6

Je pense à mes amis alzheimériens. Je n'en ai pas tant que ça, mais tout de même. C'est peut-être la clef. Et c'est peut-être pour ça qu'ils n'ont pas l'air, au début, outre mesure désespérés. Je suis alzheimérien, moi aussi, 36 minutes par jour, tous les jours. Rien, pendant ces 36 minutes, ne s'imprime, ne se grave, ne demeure. Et, sauf quand l'oubli prend des proportions et que, du Pérou à la Thaïlande, et du Paraguay au Bangladesh, la presse titre : « BHL cite un philosophe qui n'existe pas », je confirme qu'il n'y a toujours pas de quoi fouetter un chat. Après, bien sûr… Après, c'est l'effondrement de l'âme et c'est sans doute horrible… Mais, les premiers signes, je connais. Je pourrais même ajouter une glose aux gloses de Tertullien et écrire un jour que, si le sommeil est une acclimatation à la mort, il est aussi, sous hypnotique, une acclimatation à Alzheimer.

Alzheimer n'existait pas du temps de Tertullien ? C'est une maladie moderne, découverte, au XXe siècle, par un M. Alzheimer, psychiatre et neuropathologiste allemand ? C'est possible. Ce sont les médecins qui, de toute façon, disait encore Jean-Paul Aron qui s'est fait voler la gloire de cette idée-ci, non par Raymond Aron, mais par Michel Foucault, inventent les maladies. Les malades ne sont pas malades. Ils ont juste des symptômes qu'ils apportent en vrac à leur soignant. Et c'est le soignant qui, imposant son ordre savant aux désordres du patient, lui dit : voilà, vous avez ça… ou ça… vous avez Parkinson… un cancer… ou, de plus en plus souvent, Alzheimer… Et les gens, en général, repartent malades mais contents.

Mais, cela dit… Oui, cela dit, ça a beau commencer à slamer dans mon cerveau, on ne peut quand même pas trop jouer avec les mots. Voyons voir. Concentrons-nous. Primo : l'insomnie, elle, a toujours existé – ne serait-ce qu'à cause de la peur de la nuit qui, à l'époque, était très noire, aucune trace de jour ne persistant, aucun artifice technique ne pouvant la simuler et le pillard, l'assassin, le démon, pouvant surgir partout, à tout instant. Secundo : les hypnotiques existaient aussi – ne serait-ce que ces mauvais alcools, piquettes, vins de repasse à base de sauge ou de basilic qu'on s'administrait à haute dose, notamment chez les plus pauvres, et qui devaient provoquer le même effet ardoise magique que mes substances. Tertio : quand Giraudoux raconte Ondine, revenue au fond du lac, condamnée à tout oublier et continuant, par-delà l'oubli, d'aimer son chevalier, il n'a jamais entendu parler d'Alzheimer – et quand Virgile raconte Enée en enfer finissant par retrouver Anchise, son père, qui se nourrit d'eau de Léthé, c'est-à-dire d'eau d'oubli, ou quand Homère décrit Ulysse luttant contre l'amnésie qui est en train de lui faire oublier et Pénélope et Ithaque, ça ressemble sacrément à Alzheimer et on est pourtant des siècles avant Tertullien. Et puis, quarto, qu'est-ce que j'ai avec Jean-Paul Aron ? ça fait vingt ans que je n'ai plus pensé à lui – et cette nuit…

Aucun de mes trois médecins n'a encore diagnostiqué, dans mon cas, le moindre trouble clinique. Mais je maintiens que je fais, chaque nuit, 36 minutes durant, une simulation, un exercice, des travaux pratiques d'Alzheimer. Et cela ne m'inspire – sauf cette nuit ? – pas plus d'inquiétude que mes crises d'asthme ou le rétrécissement de mon canal rachidien.

7

Donc ne pas lire. Ne pas écrire de textos sensibles. Ne pas prendre non plus le risque, cela va de soi, d'un tweet incendiaire sur Mélenchon ou Bardella qui va encore me valoir un procès. Qu'est-ce qui reste ? Je pourrais réveiller A. Nous ferions l'amour. Puis je lui lirais un poème. Ou une belle lettre d'Albert Cohen que Maria et Félix viennent de retrouver et de mettre en ligne. Mais Vénus endormie… Nausicaa au lavoir (ou au bain ? vérifier)... Je suis assez averti (éditeur, en 1973, de Gisèle Halimi et de *La Cause des femmes* !) pour être au courant du caractère hautement suspect de ce fantasme de la jolie femme ravie à son sommeil. Et suffisamment convaincu, aussi, que l'âme caresse avant la main et qu'il n'y a d'érotisme qu'en grande et mutuelle conscience pour lui infliger un BH qui, dans les 18 dernières minutes, j'y suis presque, ne sera qu'un légume lui-même endormi et amnésique.

Bref, j'enlève tout ça. Je me prive d'amour, de textos imprudents, de la lecture des *Chemins qui ne mènent nulle part*. Il me reste quoi ? Les textos qui ne mangent pas de pain. Je sais que c'est le milieu de la nuit et que, même les textos qui ne mangent pas de pain, on ne les envoie pas aux gens à cette heure-là. Mais d'abord ce ne sont pas « les gens », ce sont Laurence, Hélène, Elodie, Maria, Emily, Aline, mes amies, mes anges gardiennes, que rien n'étonne plus et qui me pardonnent à peu près tout – n'ai-je pas, comme disait Thierry Lévy, toujours préféré la compagnie des femmes ? Ensuite les gens normaux éteignent leurs portables avant de dormir et, s'ils ne l'ont pas fait, tant pis pour eux, ça leur apprendra, ils le feront la prochaine fois, c'est à moi qu'ils le devront et ils m'en seront reconnaissants. Et puis, si on ne veut déranger personne en pleine nuit, il y a toujours la solution, s'il est à New York, d'appeler Tom, *my American brother*, pour lui donner les dernières nouvelles du front kurde, discuter du cas Byron ou lui annoncer l'envoi, avant la minute 36, des images que j'ai tournées, à Mossoul, de ce tombeau de Jonas dont j'aimerais tant que nous le relevions ensemble. Ou encore, à l'autre bout des fuseaux, les amis du Bangladesh – j'écris tellement mal en anglais qu'ils ne verront pas la différence entre un message écrit en possession de mes moyens ou en état de pré-Alzheimer.

Le seul problème, ce sera de bien tout archiver. Car j'aurai oublié, demain, ce que je vais envoyer dans cinq minutes. Et je rappellerai la douce Emily, à l'heure de son réveil à New York, pour lui dire : « écoutez bien, j'ai une idée, c'est la meilleure chose à faire pour cette histoire de Duchamp à Philadelphie… » – sans qu'elle ose me dire que je lui ai déjà, sous Stilnox, à 4 h 42, tout expliqué dans un texto ou dans une de ces conversations de vive voix que je suis capable de tenir, là, si je veux, sans avoir aucunement la bouche pâteuse, pendant trois minutes encore. Après quoi la voix faiblit. La conversation s'éteint. Plus la force de raccrocher le téléphone. Syndrome Blanche-Neige. Danse des sept nains et des sept voiles. Fuite dans la neige et aux enfers. Vision de Danilo Kis, à la fin, comme Kafka : « tue-moi, BH, tue-moi, sinon tu es un assassin ». Son lit comme un linceul. Le mien comme un Grand Verre. Et le fantôme de Marcel Duchamp à Philadelphie… Non. Philadelphie c'est fini. Je suis à Paris. Je répète : je suis à Paris. Bon. Je déraille. Ne rien texter du tout, ce soir. Ni tweeter. C'est plus sûr.

8

C'est bon. Je n'ai pas besoin, pour savoir que je m'endors, de rouvrir mon téléphone ni de regarder ma montre que j'ai perdue il y a vingt ans et n'ai pas remplacée depuis car je suis, aussi, contre les montres. Mes yeux, cette fois, se ferment pour de bon. Mes muscles se relâchent. J'ai la respiration régulière. Sans doute le pouls qui ralentit. Il y a juste cet air brumeux qu'ont les choses maintenant que je les regarde moins : le tapis qui ondule ; les rideaux qui enflent comme des voiles alors que la fenêtre – j'ai vérifié – est toujours fermée ; le plafond très haut, en sorte que la chambre a l'air plus vide ; le *Miroir Narcisse* de Vincent dont le double panneau glisse et qui, de deux, devient un ; les croisillons gris du placard qui prennent des formes de serpents ; et les objets en liberté qui se mettent à vibrer comme des toupies.

Quelqu'un de moins avisé se dirait qu'il a trop hésité, qu'il a confondu les piluliers, ou qu'il a combiné deux molécules dont les effets se multiplient. Rivotril et amobarbital par exemple. Ou Adderall et Gardénal (il faut se méfier des assonances, comme dans un style – Céline… – qui abuse des rimes intérieures). Ou encore le bêta-bloquant que je prenais avant d'entrer en scène durant la tournée de *Hôtel Europe* et qui est radicalement incompatible avec la théophylline que je dois prendre en cas de crise d'asthme mais qui a) dilate les bronches b) fait retomber en enfance.

Il pourrait se dire qu'il a déjà vécu ça, mais en livre, à l'époque où il écrivait son roman sur Baudelaire. Ou qu'il l'a, sinon vécu, du moins si exactement décrit qu'il a l'impression d'un déjà-vu. Suis-je toujours bien ici, rue X, chez moi, à Paris ? Ou revenu à Bruxelles, Hôtel du Grand Miroir ? Quel nom quand on y pense… Il venait d'être détruit quand je suis arrivé pour les repérages du roman. Et ils avaient construit à la place – peut-on faire plus cruel ? – une sorte de Chambre belge des notaires. Pauvre Baudelaire ! Pauvre Belgique ! Ce sont les mêmes formes, autour de mon lit, que dans sa chambre et dans le livre. Les mêmes impossibles torsades, table liquide, armoire fantôme. Et, au lieu du spectre de Cervantès, celui de Pasolini qu'on était allé voir, juste avant sa mort, à Rome, avec Françoise Verny, pour lui faire écrire ses Mémoires.

N'écrirait-on de romans que sur soi ? Même quand on a mis toutes les distances ? Au moins ai-je échappé aux adaptations qu'on m'a proposées à l'époque ! Et heureusement que je suis contre les pantoufles car j'aurais pu, comme Proust le fit à Berl, chasser, en les lui jetant à la figure, « le » grand acteur de ces années ! Ce n'est pas que je ne veuille pas le nommer. C'est juste que j'ai son nom sur le bout de la langue et que ne me viennent à la place – typique Alzheimer… – que ses yeux en boutons de bottine. On ne joue pas avec ce feu-là. A la rigueur Delon, parce qu'il disait : « je ne joue pas, je suis »… Ou Houellebecq parce que, dans la longue métempsychose qu'est l'histoire de la littérature, il réincarne un peu du corps du dernier Baudelaire… Ou A. si c'est elle qui prenait la caméra et qu'elle donnait une fantaisie de sa façon… Sinon, non. Primo, blasphème (on devrait passer en jugement, même si on s'appelle Agnieszka Holland, quand on a mis Leonardo DiCaprio dans le rôle de Rimbaud). Et, secundo, trop près de l'âtre où vous attend le Commandeur.

Et puis si j'étais parano je me dirais que je suis revenu à l'époque où c'est le Dr J.-C. R. qui me fournissait : comme je suis pour le temps immobile, je choisis cette hypothèse.

9

Toc toc, faisait-il, quand il arrivait rue Madame... C'est le bon docteur qui est là et qui apporte la petite pilule... Il n'était pas encore écrivain. Il n'était que médecin (ce que, personnellement, surtout quand on est humanitaire, je trouve aussi très bien). Mais A. disait qu'il était jaloux et ne rêvait que de me tuer. Et, une fois au moins, où j'étais seul dans l'appartement, il a bien failli y arriver.

C'était l'époque où je ne pensais qu'à me débarrasser, non de mes tocs, mais de mes tics. C'était mon secret, ces tics. Un secret de polichinelle puisque tout le monde, autour de moi, ne voyait que ça – mais, disons, un secret public. Et je n'en pouvais plus, quand j'allais à la télévision, de consacrer la moitié de mon énergie à guetter l'instant où s'allumait le rouge de la caméra et où il fallait, par la seule force de la volonté, les arrêter. Le bon docteur, donc, m'avait prescrit un anti-épileptique puissant, également utilisé dans les cas de schizophrénie aiguë, qui s'appelait l'Haldol.

J'avais surdosé comme d'habitude. Au lieu du maximum de 25 gouttes prescrites, j'en avais pris 75 en pensant que ça me ferait triple effet. Et, là, effets secondaires typiques et contre lesquels, il faut être honnête, le bon docteur m'avait prévenu. Hallucinations. Suées. Névralgies de la face. Gonflement du cou. Rigidité musculaire suivie de mouvements désordonnés et de convulsions. S'arracher les vêtements. Se gratter au sang. Sortir de cette peau, de ce corps, qui ne sont plus les vôtres. Et, au lieu des disgracieuses mais inoffensives puces de sable qui avaient probablement cessé de me tourmenter le visage, une irrésistible envie de me balancer par la fenêtre.

Je n'ai dû mon salut qu'au fait de m'attacher, chevilles et poings, à un pied de la table de la salle à manger, avec toutes les ceintures (robes de chambre, peignoirs de bain, pantalons) que j'ai pu ramasser. Moi qui, entre autres infirmités, n'ai jamais su lacer un soulier et porte toujours, pour cela, des mocassins, comment diable ai-je pu faire ? C'est le mystère des réflexes de survie. Comme quand le pilote du monomoteur qui me ramenait de chez les FARC, dans le Caguan, à Bogotá fit un malaise, en plein vol, au-dessus de la cordillère des Andes : ayant compris, à l'aller, que rien au monde ne l'intéressait plus que, d'un côté, le sexe et, de l'autre, le futur de ses enfants, j'eus le réflexe de lui murmurer à l'oreille, une heure durant, alternativement, comme un DJ changeant de piste quand il menaçait de perdre connaissance, des scénarios pornographiques dont je n'aurais jamais pensé avoir l'imagination et les mérites comparés des universités nord-américaines prêtes à accueillir sa progéniture – « Si Señor », grognait-il, chaque fois, d'une voix d'outre-tombe, et il reprenait le contrôle de son manche à balai…

Jusqu'à ce qu'un autre médecin, B.K., qui n'aimait pas J.-C. R. – ça n'arrive pas qu'aux écrivains ! – et avec qui j'avais, par chance, rendez-vous, tout près, pour déjeuner, ait le réflexe qui sauve : s'inquiétant de ne pas me voir, il se pointe ; se fait ouvrir par la concierge qui, où que j'habite, par principe, a les clefs ; me trouve, nu, sanglant, attaché à ma table, en train de gémir comme un pauvre chien ; et me fait une piqûre de Dépakine 400.

En suis-je là ? Ces choses qui basculent autour de moi, serait-ce un retour d'Haldol ? Ou la vengeance de Baudelaire ? Mais non. Aucune raison. Rien fait de mal. C'est juste mes adieux à l'insomnie. La fin de la nuit sera calme.

10

D'ailleurs, il y a un signe qui ne trompe pas. Les morts. Je n'ai plus besoin de me forcer pour voir défiler les morts, mes morts, ceux que j'essayais, tout à l'heure, de compter comme des moutons – et puis les autres, auxquels je ne pensais pas, mais qui sont aussi les miens.

Voici Toscan le Magnifique. Lauren Bacall, le premier jour, raide morte sur la plage d'Ixtapa et puis ressuscitée. Delon, le ténébreux, le veuf, l'inconsolé. Bueb qui ne savait pas s'il voulait être Malraux ou Corniglion-Molinier. Dumur arrivant, dans sa Thunderbird, à Gordes, chez Jean-Paul. Olivier Corpet qui sera le grand absent du rendez-vous de tout à l'heure, et pourtant… Mitterrand qui venait, à tous mes anniversaires, parler des mérites comparés du *Gilles* de Drieu et de l'*Aurélien* d'Aragon. Thierry Lévy, l'avocat de Butel dans cette ténébreuse affaire et, après, toute la vie, avec Olivier Cousi, le mien.

C'est le seul avocat qui, avec sa voix de trombe, et son strabisme, façon Sartre pour un œil et Nizan pour l'autre, très déroutant pour les magistrats, vous sauvait de la peine de mort pour un vol de bicyclette. Mais c'est aussi celui, grâces lui soient rendues, qui a obtenu, au bout de trois ans, malgré ses récidives et son casier, la libération conditionnelle d'Isabelle. « J'ai rencontré Kafka, a dit Marie-Laure de Decker, la première fois où je l'ai vu à la station de taxis de la rue du Bac ». Et moi, quand j'ai rencontré Marie-Laure, l'amie des combattants Wodaabés chez qui elle retournait, chaque année, par amour et ascèse, j'ai vu la dernière aventurière, descendante d'Isabelle Eberhardt et Odette du Puigaudeau – j'aime cela.

Et puis Louis Althusser qui surgit, l'œil fixe, de derrière le rideau et sort de sa besace à citations la phrase de Plotin, pas Platon, Plotin, qu'il tenait du père Stanislas Breton et qu'il nous répétait sans fin, dans sa folie : « c'est dans la nuit parfaite que, les yeux clos, les paupières baissées et bien pressées par les doigts, l'on y voit clair ». A quoi pensait-il ? Et qu'espérait-il voir ? Les livres qu'il n'écrivait pas ? Ou, déjà, Hélène dont ses doigts allaient presser, non les paupières, mais les carotides ? Je pense, moi, à Hélène et à l'enquête de *Libération* qui l'a, un peu, ressuscitée. C'est vrai que c'est notre grand féminicide oublié. Mais c'est vrai aussi, comment ne pas l'admettre ? que ce philosophe assassin fut le maître de notre jeunesse.

Ils sont tous là. Certains se promenant dans la chambre, comme chez eux. D'autres, au pied du lit, comme s'ils attendaient leur tour pour me faire dédicacer un livre. Ou d'autres, s'agitant dans le placard comme Chalom de Jacob, mon aïeul berger, dont je ne sais rien sinon qu'il est mort seul, parmi ses bêtes, foudroyé par une crise de diabète, dans le désert de Libye, et dont je reconnais pourtant la voix. On en avait marre d'être mort, disent, d'une même voix, Chalom de Jacob et Pierre Franck qui avait produit *Le Jugement dernier*, et on est content de revenir.

Il y a même l'autre Hélène, gracieuse, maniérée, très Delphine Seyrig, qui propose, elle, carrément, de se glisser dans les draps. J'avais trente ans. Elle soixante. « Tu m'as bien dit, quand tu as rencontré A. et que nous nous sommes quittés, qu'elle me ressemblait comme une jeune sœur ?

N'est-ce pas l'occasion ou jamais de le prouver ? » Ça ne m'a jamais intéressé, l'âge des femmes. Mais je ne suis jamais entré, pour autant, dans ses plans d'amour à trois. Et ce n'est pas ce soir, sous Stilnox, dans ce lit, que je vais commencer.

11

Et puis là… Ce jeune homme… Il est grand. Maigre. Il me fait penser, avec ses longues jambes et son torse glabre, à mon petit-fils Lucien. Il a un costume beige croisé, à revers larges comme on en portait au début des années cinquante, ouvert sur une chemise claire au col lui-même évasé.

Je connais une photo de même sorte. C'est presque la même image. Mais je marche à côté de lui, en culottes courtes, tout petit, peut-être quatre ans, lui tenant fermement la main, sur le port de Casablanca. Il sourit. Il est le seul humain que je n'aie, de sa vie, jamais vu rire ni, à peine, sourire. Mais, sur cette image, il sourit. Il a l'air conquérant qu'avaient, en ce temps-là, ceux que l'on commençait d'appeler les anciens de la France Libre. Et il a, ce soir, au seuil de ma chambre et de la nuit, exactement le même sourire.

Maintenant, pourtant, qu'il s'approche et entre, au pied du lit, dans le pinceau de lumière où ils défilent tous depuis trois minutes, je découvre qu'il a les cheveux plus gris, et même blancs, et que son beau visage victorieux est en train, comme dans un Photoshop animé, de s'attrister, de s'épaissir et de se métamorphoser.

Il prend des nouvelles des uns. Des autres. Si Fasquelle a fini par mourir. Et Verny. Si je savais, quand elle est née, que j'aimerais tant ma petite Suzanne et s'il est vrai, comme on le lui a dit là-haut, qu'elle marche à présent sur mes traces ? Et comment va François P., l'autre vieux lion, rival historique, puis ami, auquel il m'a un peu confié et qui est devenu, en effet, une sorte de père adoptif ? Et puis, plus inquiet, presque sévère : suis-je toujours bien le gardien de mon frère ? de ma sœur ? et qu'ai-je fait de ceci ? de cela ? suis-je bien à la hauteur requise par la bassesse des temps ?

J'essaie de lui répondre. J'ai toujours obéi à mon père et je bredouille donc des réponses vagues comme au temps où j'étais perpétuellement à découvert et où, avant de me renflouer, il me demandait, pour la énième fois, de lui refaire l'état exact, qu'il notait, au stylomine, face à moi, sur une feuille volante posée sur son bureau vide, de mes dépenses exorbitantes et de mes maigres ressources d'éditeur puis écrivain flambeur.

Mais est-ce parce que je parle trop bas, de peur de réveiller A. ? Ou parce que, comme autrefois, je m'embrouille dans mes réponses ? Etrangement, je ne m'entends pas. Ni lui non plus, je suppose, puisqu'il se rapproche encore, très près maintenant, s'asseyant sur le bord du lit et me scrutant avec la même intensité soupçonneuse que quand, dans son bureau, à la fin de mes explications emberlificotées, il me lançait : « et l'appartement de la rue Monge ? tu oublies l'appartement de la rue Monge, que nous t'avons offert, avec ta mère, pour ton entrée à l'Ecole normale – tu le loues toujours ? tu touches bien un loyer ? ». Et, invariablement, je lui répondais : « ah oui… la rue Monge… tu as raison… où avais-je la tête… il faut ajouter à mes ressources de panier percé ses 1 000 francs de loyer mensuel… ».

Je l'avais vendu depuis des années, en réalité presque aussitôt, pour partir aux sports d'hiver avec Butel, nos fiancées et notre bande d'amis. Et je ne le lui ai avoué que bien plus tard, peu avant sa mort : il entrait à l'Hôpital américain pour cette opération absurde, fatale et sans autre vraie raison que de pouvoir m'accompagner, au Mexique, sur le tournage du *Jour et la Nuit*, mon film maudit – je voulais me mettre en règle, je suppose, avec nos derniers grands et petits secrets.

12

Donc, je réponds. Je me justifie. Mais toujours de la même voix blanche, suffoquée, sans bruit ni écho (sans tain ?) et dont je sens qu'elle me reste dans la gorge. Mais lui, maintenant, m'entend. Hoche la tête. Paraît rassuré. Observe que je suis plutôt en forme pour un garçon qui ne dort pas depuis trois nuits. Soudain, son visage tremble. Se brouille à nouveau. Il semble, à la chaleur de la lanterne magique, se froisser et défroisser. Perdre sa consistance et en prendre une autre. Il a retrouvé le visage, empâté mais toujours très beau, qu'il avait, ce soir de novembre 1995, jour de mon anniversaire, lors de ce minuscule dîner, juste ma mère, lui et moi, auquel il avait tenu et qui l'avait fait sortir trop tôt de l'hôpital : c'est la dernière fois que je l'ai vu vivant ; le dernier baiser que je lui ai donné ; la dernière conversation que nous ayons eue, toujours à propos de ce funeste film ; je me suis attardé encore un moment dans mon ancienne chambre d'enfant, à corriger les épreuves de mon Journal de guerre en Bosnie et à faire que la soirée dure un peu ; et puis j'ai fini par partir, insouciant comme un fils, protégé – avant de revenir, deux heures plus tard, en pleine nuit, quand ma mère m'a rappelé (pour une fois, je dormais…) et m'a dit qu'il était mort.

« C'était voulu », me dit-il, de sa voix retrouvée, impeccablement timbrée et qui, elle, résonne clairement dans l'obscurité nouvelle, teinte d'ardoise bleue, de la chambre qui s'est vidée, à part lui, de ses autres fantômes. « On choisit toujours plus ou moins le moment de son départ – un de tes auteurs a dû dire cela… ». Puis, main en l'air, balancement pendulaire et lent qui, dans les négociations, forçait ses adversaires à regarder la main et, comme la cendre du cigare de Churchill hypnotisant l'interlocuteur (« va-t-elle tomber ? quand ? »), soulignait son ascendant : « je corrige ; tout dépend ; on ne choisit pas totalement, bien sûr ; il y a toujours une marge d'erreur ; mais, dans ton cas, j'ai visé juste et j'ai choisi, pour partir, cette nuit d'orage qui était le jour de ta naissance ; ainsi va, quand elle est bien nouée, la chaîne des vivants – c'est toi le philosophe, n'est-ce pas ? et le Juif ? je me trompe ? ».

Il fait comme s'il attendait une réponse. Scrute le plafond comme si allait y apparaître une étoile. Mais je suis devenu incapable, même au-dedans de moi et de ma gorge, d'articuler le moindre son. Et puis je le connais bien. Je sais qu'il n'attend rien et qu'il était, lui, bien peu juif. Il a le regard vide, maintenant, celui du dernier instant, entrevu avant que le pompier, puis le rabbin, ne lui ferment les yeux pour de bon. Il a son autre main, de quand nous jouions aux échecs et qu'il feignait, le geste suspendu au-dessus de l'échiquier géant d'Esbly, de ne pas savoir si c'est le roi, la dame, le cavalier, ou la tour abolie qu'il allait bouger alors qu'il était déjà, dans sa tête, en train de me mettre échec et mat.

« Te voilà parvenu, reprend-il de sa voix souveraine, à l'âge que j'avais alors ; l'âge exact ; c'est pour te le rappeler que je suis là ; mais n'aie pas peur ; je ne suis pas venu te chercher, mais m'assurer que tu n'as rien oublié ; tu as des responsabilités ; des devoirs ; il te reste beaucoup à parcourir, à réparer, à faire et il ne suffit pas, pour cela, de brandir des banderoles ; l'heure, pour toi, n'est pas venue ; le jour va se lever ; il va faire froid ; dors ».

CHAPITRE 5

Matin

1

Quelle heure est-il ? 7 h 30. Hourra. C'est l'autre avantage avec les substances. Je sais toujours, à la minute près, l'heure qu'il est quand je me réveille. A cause des bruits de la ville ? De la qualité du jour ? Non. Mes rideaux sont restés bien fermés. L'explication, c'est la substance. Car j'en connais l'exacte durée d'action. Elle ne trahit ni ne déçoit jamais. Et elle a l'étrange propriété, j'ignore pourquoi, de faire que le cerveau calcule à la vitesse de la lumière l'heure qu'il est quand il sort de la nuit. J'ai un sommeil de malade, mais un réveil de robot. Un Chinois, disait Mallarmé, voit l'heure qu'il est dans l'œil des chats. Je ne suis pas chinois et n'ai, décidément, aucun besoin de chat.

Longtemps, comme tout le monde, je me suis plié à la pratique barbare du réveille-matin. Il y avait les gros réveils de cuisine qu'on éteignait en leur tapant dessus. Les petits, dorés, rectangles parfaits, caractères romains inclinés et élégants, qu'on appelait des pendulettes et que les enfants se voyaient offrir, à leur grand désespoir, pour les anniversaires et pour Noël. Il y a eu le « réveil automatique », cousin de l'« horloge parlante », où une voix d'aéroport vous demandait de composer le 55, étoile, votre numéro, votre heure de réveil souhaitée, dièse, je ne sais quoi encore. Il y a la fonction réveil des portables que j'utilise rarement, car je ne suis jamais très sûr que le système fonctionne quand je mets, pendant la nuit, comme recommandé par la Faculté, l'appareil en mode avion. Cela fait des années, en réalité, qu'à condition de ne pas me tromper de substance et de ne pas confondre, par exemple, Stilnox et Rohypnol, à condition de bien comprendre que chacun a ses vertus et que mon inconscient aura la bonne grâce de s'y ajuster, mon cerveau ressuscite seul, sans aléa, ni accident, ni panne.

Ça marche même à l'étranger. Car mes substances préférées ont cet autre pouvoir. Non contentes de fournir l'horloge intérieure, elles la fournissent autoréglable et se recalant automatiquement, comme les portables, ou comme les montres au moment du passage à l'heure d'hiver, au diapason du pays d'arrivée. Plus de décalage horaire ! Plus de choix cornélien entre mélatonine à libération immédiate, prolongée, avec zinc ou magnésium, extrait de luzerne ou synthétique ! A New York comme à Paris, à Kyiv comme à Dacca, je prends le comprimé à l'heure dite et sors du sommeil à l'heure voulue. Pourquoi ? Mystère, encore. Réponse, si ça se trouve, chez Descartes puisque la mélatonine est produite par la glande pinéale et que c'est lui, Descartes, qui invente la glande pinéale au sens où Benny inventait le nationalisme palestinien. Mais ça vaut tous les sommeils dits « naturels ».

Je me souviens de Jacques S., un *tycoon* austère et belge, parrain de A., qui ne supportait pas les décalages et refusait de régler sa montre à l'heure du pays où il atterrissait. Arrivé à New York, il restait à l'heure de Bruxelles. Il invitait ses pairs de Wall Street à petit-déjeuner à 8 heures du matin pour lui, c'est-à-dire 2 heures du matin pour eux. Puis à déjeuner à 13 heures, c'est-à-dire 7 heures du matin locales. Et, s'il donnait un dîner, c'était en début d'après-midi, dans son appartement de l'hôtel Pierre, après quoi il allait se coucher à l'heure où Mimi, sa femme, se couchait à Bruxelles.

Merci, ô mes substances. Voilà une excentricité, digne d'un Barnabooth, que mon addiction m'aura épargnée. Là, de toute façon, je ne suis ni à New York ni à Dacca, mais à Paris, frais et dispos, prêt pour le rendez-vous de ce matin.

2

Après, le problème c'est le rêve. Pour la plupart des gens, c'est toute une région de la vie qui est consacrée au rêve. A. par exemple. Il lui faut du temps pour se remettre d'un cauchemar. Elle pleure quand je lui ai menti en rêve. Il faut la consoler, la ramener à la raison, lui expliquer que c'est bon, nous sommes là, de retour dans la vraie vie, et que nous nous aimons. Il m'arrive même, dans les cas aigus, de convoquer le docteur Lacan et sa théorie du cauchemar qui est le point de réel – pas la réalité, le réel ! – qui fait qu'on se réveille. Et elle, inversement, époque du test de Guibert, quand elle espérait encore me changer : « comment peut-on se résigner à ne pas rêver ? vous qui avez tellement le goût des doubles ou triples existences, des naissances multiples dans une même vie, vous en avez une, là, sous la main, tous les jours, à disposition, et vous n'en faites rien ! vous ne vous rendez pas compte de ce trésor perdu… ! » – et de me citer Nerval, dans *Aurélia* : « le rêve est une seconde vie ; je n'ai pu percer sans frémir ces portes d'ivoire ou de corne qui nous séparent du monde invisible… ».

A bien y réfléchir, elle n'a pas tort. Je les aimais bien, mes rêves, à l'époque où j'en faisais. J'aimais cette vie supplémentaire qu'ils m'octroyaient. J'avais le goût de ces moments cocasses et qui ne me ressemblaient pas, de cette existence de travers, de cette contre-vie. Les gens nous cassent la tête avec leurs histoires d'homme augmenté. Les rêves me fournissaient, tous les jours, ma dose de réalité augmentée. Et je prenais bien soin, d'ailleurs, de les transcrire le matin venu. J'avais mon Journal. Mais aussi mon Nocturnal. Parfois, j'y revenais. Je tentais de déchiffrer ces visages surgis de la nuit, inconnus et familiers, mais fermés comme des rébus. Je les trouvais si obscurs qu'il me fallait une vraie lumière pour les éclairer et j'attendais l'heure du déjeuner, parfois plus tard, pour m'y pencher. Et il m'arrivait de pleurer d'émotion quand je m'avisais que j'avais vu en rêve, plus nette qu'au musée du Prado, la *Maja vestida* et les *Sorcières* de Goya, ou un chef-d'œuvre inconnu que le seul talent de la nuit avait créé.

C'est fini, tout cela. C'est comme un sens atrophié ou un membre fantôme. C'est toute une autre vie dont ne subsisteraient que des images floues, projetées dans une chambre noire intérieure. Ou comme les films muets que nos parents tournaient en super-huit quand nous étions enfants et que l'on redécouvrait, des années plus tard, par un dimanche pluvieux, à la campagne, sur un écran déroulé. Perte sèche. Saute de vie. J'ai beau citer Kafka prétendant que les vrais rêves sont ceux que l'on fait éveillé. Ou plaider que je dors, de toute façon, si peu que la quantité de vie dont je me prive est, par définition, limitée. Mon inquiétude, c'est Socrate lançant à ses juges que la mort n'est qu'une nuit sans rêves – hypothèse qui semble le réjouir mais qui, moi, me tracasse car l'inverse, alors, est possible et une nuit sans rêves est peut-être le signe qu'on va mourir.

Les théories du nettoyage cérébral ou de la gestion du stress par le rêve, je m'en fiche. Mais Socrate… C'est du sérieux, Socrate. Sa mort, dans la vie d'un philosophe, est un événement encore plus marquant que celle de Rubempré. Et puis je pense à cette part de leur vie, érotique parfois, ou même sentimentale, que les humains ne s'autorisent qu'en rêve – et une autre part de moi se navre d'être sortie de ce jeu-là.

3

Ce qui me manque aussi, c'est la cérémonie du réveil telle que je la vivais alors et, notamment, dans l'enfance.

Car, s'il y a vraiment deux vies, il y a au moins deux manières de passer de l'une à l'autre.

Parfois, ça allait très vite ; je sautais du lit ; ou me jetais, si j'étais en avance, sur le livre sagement fermé, la veille, à l'aide du marque-page de métal argenté, gravé d'une phrase de Montherlant, que m'avait encore offert ma mère et qui avait été, jeune fille, le sien ; ou bien je filais à la cuisine dévorer, sans quitter mon livre des yeux, les tartines confiturées que m'avait préparées Jeannette, la nounou.

Parfois, je m'étais tellement plu dans la compagnie de celui que j'avais été pendant le sommeil que je faisais durer le plaisir ; je retenais la nuit, comme dira, plus tard, un tube qui évoquera moins, pour moi, les amours adolescentes que des bonheurs d'enfant rêveur qui ne tenait pas tant que ça à reprendre ses esprits ; je restais le plus longtemps possible au seuil des « portes d'ivoire ou de corne », une part de moi dormant et rêvant toujours, l'autre consciente que le jour s'était levé et qu'il allait falloir reprendre mon tablier d'écolier.

Parfois encore je me disais que ce qui s'était produit dans le sommeil devrait pouvoir se reproduire dans l'état de veille. Et, dans mon lit toujours, lumière éteinte, je rêvais, tout éveillé, à rebattre les cartes de la vie : je m'imaginais explorateur, chercheur, écrivain, cosmonaute, révolutionnaire, soldat si possible héroïque (plus tard, après l'école, seul dans la cabane que j'avais construite, au fond du jardin de Casablanca et dont j'avais trouvé le modèle dans une encyclopédie reproduisant le caveau coudé que s'était fait bâtir Byron à Missolonghi et où il avait prévu de reposer assis et en armes, je bouclerais la boucle et prononcerais le discours de funérailles de celui dans la peau duquel j'avais choisi de commencer la journée).

D'autres fois, ce qui me plaisait ce n'était pas tant celui que j'avais été en rêve mais le seuil, la lisière, le moment très particulier où se croisent le jour et la nuit – et mon plaisir était alors de mettre mon réveil à sonner très tôt, trop tôt et de répéter l'expérience plusieurs fois, aussi souvent que possible : sonnerie, réveil, réendormissement…

resonnerie, reréveil, nouveau réendormissement... et ainsi de suite jusqu'à la limite où je savais que j'allais me mettre en retard.

Et puis il y eut, à l'adolescence, ma période noire, ou gothique, où je me disais que le réveil c'est comme la mort. Ne meurt-on pas par morceaux ? un organe ? un autre ? le corps avant l'esprit ? ou, au contraire, l'esprit alors que le corps demeure vif et alerte ? Le réveil, c'est pareil – mais à l'envers. Soit : un bout de conscience ; un pan de mémoire ; et, le corps demeuré lourd, au ralenti, l'âme entière au taquet. Soit : l'âme brumeuse et qui, alors que le corps se secoue, demande grâce – encore dix minutes, Monsieur le bourreau, cinq, qu'on me laisse au moins finir mon rêve.

C'était toute une affaire de se réveiller. Une aventure. Ça l'est resté, plus tard, jusqu'à trente ans, dans les époques où, n'étant pas encore tombé dans mes addictions, j'avais des réveils différents selon l'endroit où je me trouvais, la femme avec qui j'avais passé la nuit, l'alcool que j'avais bu ou non, si j'étais à Paris ou en reportage, dans un hôtel borgne ou normal. Adieu, tout cela. Adieu, cette chose de la vie. Je me réveille, désormais, d'un coup et au canon.

4

Et puis ce qui me manque enfin, c'est une autre habitude que j'ai longtemps gardée, au temps de mes premiers livres, tandis que je commençais de perdre ma faculté d'endormissement.

Il fait presque jour. Les rideaux sont, comme aujourd'hui, restés fermés. A tâtons, me forçant à ne pas ouvrir les yeux, je prends un des bouquins, n'importe lequel, posés en vrac, avant de m'endormir, sur ma table de nuit. Je l'ouvre à la page de garde. Ou aux pages de fin, blanches aussi, l'éditeur a fait de son mieux, mais ça marche par cahiers de douze et il reste toujours des pages blanches. Et, sans bouger, toujours sans ouvrir les yeux, les fermant même à l'intérieur de mes paupières fermées, je cherche le feutre de couleur que j'ai laissé tomber en m'endormant et qui a séché – et, d'une écriture qui n'est pas la mienne, souvent en lettres bâtons, presque des pictogrammes, que je ne reconnaîtrai pas, tout à l'heure, quand je finirai par allumer, je gribouille un mot, une phrase, un enchaînement, une ponctuation.

Il arrive que ce soit illisible. Il se peut, comme je ne vois rien, que j'aie déjà écrit, la veille, sur la même page et c'est un micropalimpseste. Mais, quand je parviens à me relire, quelle merveille ! C'est trois fois rien, mais c'est une manne ! Les éléments de rythme sont là. L'idée de la cadence. Un pivotement local, mais décisif. Parfois juste une de ces chevilles dont les Anciens disaient qu'elles sont les clous du livre et qu'il suffira, quand tout sera fini, de les enfoncer et de les faire disparaître. Ou un mot de fin de phrase, ou de page, ou de section, qui – encore Mallarmé ! – la fera vibrer sur sa tige. Comment j'ai écrit certains de mes livres ? Peu d'écrivains m'ont autant inspiré, surtout dans mes jeunes années, que le génial Raymond Roussel. Eh bien comme ça. Comme lui. A coup de fines chevilles et en trouvant les justes mesures. C'est là, dans cet état second, que le rythme me venait, et la courbe de la phrase, et son arithmétique secrète.

J'ai changé deux fois de style.

La première, quand j'ai arrêté de fumer : périodes plus longues, régulières – fini le souffle court auquel contribuait, dans mes premiers textes, l'inhalation rapide et sans répit de mes cigarettes allumées l'une sur l'autre.

Et, la deuxième fois, là, quand j'ai fini de ne plus savoir dormir : adieu les bribes griffonnées de mes « feuillets d'Hypnos » ; mais perdus, aussi, ces états seconds, voisins du rêve, que cherchaient mes chers surréalistes et où la phrase, désencombrée des inutiles injonctions, coulait de source ; et bonjour les phrases sèches, sans détour, parfois abruptes.

Tout est là. Toute l'affaire sommeil. Attendu qu'il n'y a pas de vie qui vaille sans la volonté de vouloir plus que la vie, attendu qu'il y a là une aventure qui a d'abord concerné les écrivains, les poètes, les grands talmudistes et un nombre infime de philosophes (peut-être seulement Nietzsche) et attendu que le but suprême est d'atteindre ainsi, par la langue et la pensée, à un état second de l'humain, on fait comment ?

Si j'écrivais sur le sommeil, je dirais ceci. Il y a la version difficile de cet état second qu'on atteint parfois, comme moi, dans l'insomnie douloureuse, nerveuse, grinçante. Mais il y a aussi l'état second facile, voluptueux, de celui qui cède au sommeil et s'y complaît comme dans une ouate. J'ignore, des deux, lequel est le plus propice. Mais du second, c'est sûr, je me suis amputé.

5

Il faudrait écrire cela, oui. Le sommeil. Le réveil. La tragédie du jour et de la nuit, disait-on rue Saint-Benoît. J'en ai fait un film, qui ne s'appelait pas pour rien *Le Jour et la Nuit*. Je l'aime, ce film. Et ne serait-ce que pour Delon qui l'a si noblement soutenu, je l'ai, même si je sais qu'il est maudit, toujours défendu avec force. Mais, là, ce serait un livre. Un vrai. Avec théorie incorporée. Concepts sous-jacents. Une hypnosophie en quelque sorte. Et un casting où l'on retrouverait Baudelaire, Lautréamont, Tertullien, tous les personnages qui me sont passés par la tête depuis hier soir ; ainsi que Flaubert qui, à en croire Maxime Du Camp, dictait, criait, gueulait jusque dans ses rêves ; et, bien sûr, la grande pensée juive sur la question.

Car il y a un texte du Maharal de Prague, commentant un énoncé du *Midrach Rabba* sur la Genèse, qui raconte comment et pourquoi Dieu a inventé le sommeil.

Il vient de créer l'homme. Les « anges du service » se méprennent, le confondent avec son créateur et disent, en le voyant paraître, « saint ». Alors, Elohim songe que c'est comme un chariot qui entre dans une ville, où ont pris place le roi et le gouverneur et où le peuple, perdu, ne sait pas lequel des deux acclamer. Et il fait que le premier, afin que nul n'ignore qui est le patron et mérite acclamation, pousse le second et le fasse tomber hors du chariot. Eh bien de même, dit le Maharal, Elohim a fait tomber Adam dans le sommeil afin que les choses soient claires et que chacun sache qu'il n'est qu'Adam.

Le sommeil, reconnaît le Maharal, est aussi l'état le plus propice à la prophétie. Mais, d'abord, pas toujours puisque Moïse prophétise éveillé. Ensuite, le chofar n'est pas fait pour les chiens mais pour les hommes qu'il réveille de leur torpeur coupable à coups de trompe. Et puis le *Talmud Berakhot* dit bien que, de même que le feu est un soixantième de la Géhenne, de même le sommeil est un soixantième de la mort…

Telle est la ligne générale. L'être, quand on dort, est réduit au corps. Les facultés de l'âme sont abolies. Et l'homme entre dans le néant. Voilà pour toi, ô hégélien poseur et ramenard ! Esprit du monde, vraiment ? Esprit absolu ? Unité, en toi, de la nature divine et humaine ? Va te faire voir, Napoléon de l'âme. Que tu dormes est la preuve de ton indépassable finitude. Et c'est pour ça que, pour un homme comme moi qui a toujours pensé et écrit en haine de Hegel, ne pas dormir est un devoir.

J'en suis là. Et ça ne date pas d'aujourd'hui. Amis qui me félicitez de m'être « rapproché de la communauté », si vous saviez ! Cela fera bientôt cinquante ans, depuis *Le Testament de Dieu*, que je ne pense plus sans le secours de la pensée juive. Pas assez d'étude, sans doute. Pas d'hébreu. Et pas le goût qu'ont Bacqué, ou René, de me brûler l'âme et le corps au feu du commentaire. Mais c'est le socle secret de ce que j'écris. Son grain. Sinon son azyme, du moins son levain. Et, en tout cas, plus que son épice. Levinas, à l'époque, en prit acte. Puis Benny dans ce bout de film dont je fus si fier. C'est dans Wikipédia – eh oui ! pas trop antisémite, pour une fois, l'encyclopédie « participative »...

Après, qui va s'intéresser à une divagation sur le sommeil ? Y compris dans la compagnie de Lautréamont, Tertullien et le Maharal de Prague ? Et n'ai-je, à cet instant de ma vie, pas mieux à faire que de ramener ma fraise, comme disait Romain Gary, avec un livre sur l'insomnie ?

6

Il y a déjà mon Journal ukrainien auquel j'aurai du mal à échapper. J'ai fait des films, là aussi. Pas un, des. Et ils sont le meilleur journal possible puisque je filme au jour le jour, comme ça vient, dans l'action et en situation. Les cons demandent toujours pourquoi, avec Marc Roussel, mon complice, nous me mettons à l'image. Ils croient que c'est ivresse de soi, narcissisme, etc. Mais non. C'est pur situationnisme. Je construis une situation. Je suis, en Libye, chez les Kurdes ou, maintenant, entre Kherson et Kharkiv, dans la situation. Et il serait techniquement impossible ou, pire, malhonnête de m'en abstraire au moment de cadrer, puis de monter.

Un livre c'est autre chose.

Il y a les situations, déjà, que j'ai créées, ou seulement vécues, mais pas filmées. Les rencontres avec Zelensky, sauf la première… Ce tête-à-tête avec Macron, moi en chaperon et témoin, le 9 février 2023, à Paris : ils se ressemblent, ce jour-là… l'un en costume, l'autre en T-shirt, ils ont le même gabarit, le même corps trop musclé… est-ce parce qu'ils ont, tous deux, l'âge de mon fils ? rarement, de toute cette guerre, malgré le bonheur de les voir ainsi complices, je me serai senti aussi mélancolique… Ou encore les moments, sur le terrain cette fois, où tout va soudain si vite que la caméra n'a pas le temps de filmer et que, si ce n'est pas dans un livre, c'est perdu… Ou d'autres moments, à Paris, aux Nations unies, au Congrès des Etats-Unis, où j'ai tenté de changer les données, de déplacer des montagnes, de réparer (la vraie réparation, celle du *tikkoun olam* – rien à voir, bien entendu, avec la fameuse « réparation par le sommeil »…) : mais, peut-être parce que j'aime l'épique et que les Nations unies ce n'est pas épique, je n'ai rien filmé.

Et puis il y a les choses que le meilleur cameraman du monde, même avec du temps, ne captera jamais car seuls les mots peuvent les saisir – ils en savent tellement plus long que nous, les mots ! et plus long que les images ! L'instant de soulagement, au petit matin, à Kostiantynivka, après deux nuits enterré dans un abri couvert de branchages et de feuilles pourries, quand l'officier, appuyé sur ses avant-bras et risquant un œil au-dehors, constate que le feu a cessé. Mon trouble, à Pisky, quand la jolie Martha vient vers moi, crie « Bernard ! Bernard ! » et vient me prendre doucement par le bras – je suis dans un champ de mines… cette ruine, couverte d'une neige immaculée, est semée d'engins explosifs et je ne le savais pas… Ou la peur qui prend aux entrailles et fait que, quand les drones rôdent et que le colonel Volochine ordonne « interval ! five meters ! », c'est plus fort que vous, vous allongez le pas et vous collez d'instinct à lui… Ou encore l'étrange effet que cela fait de marcher seul sur le Maïdan de Kyiv désert : ce n'est pas la peur, là, mais la colère à l'idée que vous avez connu ce lieu plein de grâce et de gens, animé d'une si violente espérance – n'est-ce pas là que vous avez hurlé, il y a dix ans, que le sort de l'Europe, donc de la paix et du monde, se jouait en Ukraine ? mais qui pour vous entendre alors, au-delà de cette place qui, avec ses centaines de milliers de cœurs battant à l'unisson, vous paraissait immense et qui, maintenant qu'elle est vide, semble un décor désaffecté ?

Mais c'est toujours le même dilemme avec ces journaux de guerre écrits et publiés, de loin en loin, dans l'urgence. Bosnie… Libye… Là, l'Ukraine… Souvent, de tous mes livres, ceux que je préfère. Mais est-ce qu'ils ne cannibalisent pas, d'avance, mes Mémoires ? Méfiance.

7

Et puis il y a ce Discours sur l'état du monde juif, et la tentation nihiliste qui le menace, que je dois impérativement écrire. J'ai un début pour ce livre-ci.

C'est l'étrange conversation que j'eus avec Netanyahu, une nuit de commune insomnie, en pleine guerre de Gaza. C'était à Jérusalem, quartier de Givat Ram, dans ses bureaux vides où la police venait de perquisitionner (on voyait encore, aux murs, les fils et prises des ordinateurs que l'on avait emportés).

Il est tard. Il semble épuisé d'avoir eu à m'expliquer, pour la énième fois, que nul, ni en Israël ni chez ses alliés, n'a de stratégie militaire alternative à la sienne. J'ai, moi, fini de lui dire qu'il doit absolument virer ses deux ministres d'extrême droite et que même Jabotinsky, apôtre de la force juive, pensait que jamais Israël ne survivrait sans des alliances solides car gagées sur une image glorieuse du sionisme. Et le voilà qui, calé dans le même fauteuil de cuir sombre où j'ai vu, avant lui, Golda Meir, Menahem Begin, Ehud Barak, Ariel Sharon et, peu avant son assassinat, Yitzhak Rabin, fait un geste d'impatience qui veut dire « trêve de préambules, venons-en aux affaires sérieuses ».

« Quel âge avez-vous ? – Le même que vous, Monsieur le Premier ministre. – Comment vous portez-vous ? – Plutôt bien, Monsieur le Premier ministre. – Savez-vous que je me suis fait poser un pacemaker ? – La presse ne nous a fait grâce d'aucun détail de votre santé et donc, oui, je le sais. – Peu importe, dit-il, en se frappant le cœur, avec un sourire bizarre, puéril, que je ne lui ai jamais vu ; je suis *safe*, maintenant ; je me sens protégé ». Puis, à voix plus basse, comme en confidence et alors que, non seulement le bureau, mais le palais sont totalement déserts : « avez-vous déjà songé à vous faire mettre un pacemaker ? ». Et, comme je lui réponds, en riant et me touchant à mon tour la poitrine, que « non, merci, je touche du bois, tout va bien, pas besoin », il insiste : « vous avez tort ; c'est quand ça va bien qu'il faut le faire ». Puis, comme j'insiste, moi aussi, que « c'est très gentil, mais je suis sûr de ne pas en être là, mon cœur est impeccable, vraiment, j'ai vérifié », il s'obstine, semblable à un joueur de bridge abattant son atout maître : « c'est un produit magnifique, champion dans sa catégorie, fine pointe de la technologie israélienne ». Sur quoi, voyant que je ne suis toujours pas convaincu, il monte encore d'un cran et, les yeux au ciel, mais agrandis, confiants, presque humbles, on dirait un regard de cheval, conclut : « je voudrais que vous compreniez... le produit est si bon que mon cœur, après ma mort, depuis le tombeau, battra encore ».

Je n'ai pas d'animosité personnelle contre Benjamin Netanyahu. Et, quelques griefs politiques et idéologiques que je puisse avoir, je suis de ceux qui pensent qu'un pays ne change pas de commandant en chef au milieu d'une guerre existentielle. Mais l'idée de ce cœur continuant de battre après sa mort m'a glacé. L'image de cet organe (de plastique ou d'acier, je ne sais – et ne suis même pas sûr, d'ailleurs, que l'hypothèse ait, techniquement, un sens) continuant de résonner, jusqu'à la fin des temps, dans la maison des fils d'Israël m'a littéralement terrifié. Parce que c'est plus impressionnant encore, dans le genre, que les forces de l'esprit de Mitterrand annonçant aux Français, dans sa dernière prise de parole, comment, où qu'il se trouve, il ne les quittera plus. Et parce que c'est une bonne métaphore de cette pétrification de l'âme juive qui est l'autre menace pesant sur Israël et dont son Premier ministre est devenu le nom.

8

Bon. Le sujet, pour l'instant, c'est le gingembre. Mon grand rendez-vous de 9 heures mais, d'abord, le gingembre. Zut. Bouilloire en panne. Casserole. Pochette d'allumettes. C'est la dernière (allumette) et, en plus, elle est humide. Pourvu que, contrairement aux mélenchonistes qui ne savent plus craquer une allumette…

Ouf. C'est bon. Allumage réussi. Longtemps, j'ai été pour le thé, contre le café. Dans la guerre de longue durée que se livrent le café et le thé, Balzac avait choisi le café. Il en consommait vingt tasses par jour. Une toutes les 17 minutes, la nuit. L'équivalent, quelqu'un a fait le calcul, de 2 tonnes de café en grain pour toute *La Comédie humaine*. Et ainsi allait le train de son écriture, la course de ses métaphores, la chevauchée de ses digressions et la production en série de personnages nés du marc de ses cafés et pressés les uns contre les autres, disait-il, comme les soldats de la Grande

Armée dans les plaines glacées de la Russie. Moi, j'ai pris le parti du thé. Et, dans la famille thé, je connaissais tout le monde : Earl Grey, Ceylan, Chine Fumé, Lapsang, Oolong, Keemun, Silver Needle – j'étais expert en arômes, temps d'infusion, sachets de papier ou de mousseline, vrac, feuilles brisées ou broyées, saveurs frangipanes ou séchées, feuilles cuites, hallucinations du goût et de l'odorat, thé le matin, pendant le déjeuner, cérémonies du thé même la nuit. Mais voilà. Un jour, comme de tout, j'en ai fait une overdose. Et je suis donc passé, avec armes et bagages, dans le camp du gingembre que je prends en aussi grandes quantités, frais, grosses racines difformes et terreuses hachées menu, presque râpées, dont, au réveil, je jette moi-même les râpures dans l'eau à l'instant très précis où elle commence à bouillir et où j'ai l'impression qu'elle va les saisir encore mieux et leur faire dégorger tout leur suc.

J'aime qu'il soit fort et qu'il racle le gosier. J'aime que, comme le café que je n'ai jamais aimé, il réveille en moi l'animal écrivant et le fasse galoper. C'est idiot. C'est placebo. Et je n'ai aucun besoin d'être réveillé puisque l'avantage de mes hypnotiques c'est qu'ils me livrent le réveil dans le même paquet que le sommeil. Mais j'aime l'idée. J'aime l'image de ce torrent d'eau noire dont Balzac disait qu'il irriguait ses livres. J'en consomme partout. De nuit comme de jour. Dans les bars et restaurants que je me suis mis à classer selon qu'ils comprennent, ou non, ce que je veux quand je commande un gingembre frais. En vacances – quoique je sois contre les vacances ; je suis comme mon père qui tournait comme un lion en cage sur la plage de la Garoupe, à Antibes, où il daignait descendre, trois jours, le 15 août ; et je ne comprends pas qu'on puisse consacrer son temps à autre chose qu'à écrire (sur Lautréamont), penser (à l'Ukraine et Israël), travailler (sur Raymond Roussel ou le Maharal de Prague). Et ça commence dès le matin, longues gorgées brûlantes, en lisant ou, comme aujourd'hui, en feuilletant, car je n'ai qu'une demi-heure, les journaux sur mon appli.

L'avantage de la solution gingembre qui a été, c'est rare ! validée par mes trois médecins, c'est qu'elle devrait aussi empêcher que la chandelle humaine, comme disait encore Balzac, se consume par la tête. C'est ce que j'explique, pour les rassurer, à mes enfants ainsi qu'aux quelques-unes et uns qui se soucient vraiment de moi. Me croient-ils ? Je l'espère. Car, cette fois, c'est vrai.

9

Maintenant, mon bain, ne serait-ce que pour finir de me laver des miasmes de cette nuit atroce. Les vrais hommes prennent des douches, avait déclaré l'oncle Armand, un jour, à table, devant mon père qui n'avait rien dit sur l'instant mais ne l'a, pour cela, plus jamais revu.

Il avait fait subir le même sort à Mortier, l'architecte de ses maisons et le seul ami qu'il eût, en ce temps-là, dans sa drôle de vie de bâtisseur, non de maisons, mais d'empire. C'était un dimanche pluvieux, à Esbly, sur les bords de la Marne. Il devait écourter son week-end pour cause de voyage en Afrique et nous laissait seuls, avec ma mère et mon frère, terminer tranquillement la journée. Tandis qu'il sortait sa voiture du garage, Mortier eut la fâcheuse idée, debout, avec nous, sur le perron de cette belle demeure californienne où il se sentait un peu chez lui puisqu'il venait de la construire, d'agiter la main en signe d'au revoir. Et, arrivé au Bourget, après vingt minutes d'une conduite qui avait dû, vu la distance, être furieuse et à tombeau ouvert, il entra dans la première cabine téléphonique et, sans explication, courroucé par ce petit au revoir où il avait vu dû voir, sinon un crime de lèse-majesté, du moins un excès de familiarité, ordonna : « que Mortier s'en aille ! tout de suite ! et ne reparaisse plus jamais ! ». Et Mortier, en effet, n'eut de ses nouvelles que trente ans plus tard, le soir de sa mort, quand ma mère, égarée et ne songeant déjà qu'à le rejoindre dans la tombe, me demanda de trouver 1. « un rabbin élégant » et 2. la « trace de Mortier » pour, s'il vivait toujours, lui demander de dessiner leur ultime maison.

Mais, pour l'oncle Armand, son propre frère, ce fut pire. « Qu'est-ce que c'est que ce connard qui se permet, parce qu'il est mon aîné, d'expliquer à mes fils qu'ils doivent prendre des douches et pas des bains, avait-il rugi, le déjeuner fini et l'oncle Armand parti ? De quoi se mêle ce minable, cet ancien Croix-de-Feu, ce Juif honteux qui a rajouté le nom de sa femme au sien parce qu'il trouvait que Lévy-Descamps ça faisait chic, que c'était presque une particule et que c'était un passeport pour ces grotesques dimanches matin, au Bois, à Bagatelle ou au Jockey Truc, où il fait le proustien et voudrait entraîner mes enfants ? »

C'était fini. Je n'ai plus jamais revu l'oncle Armand. Plus de promenades dominicales au Bois. Plus de smoking, comme il me l'avait promis, pour les rallyes que mon père désapprouvait mais m'a, du coup, formellement interdits. Et, même si tout ça était peu cohérent et que je vois mal, aujourd'hui encore, ce qui liait, chez cet oncle raffiné et, dorénavant, excommunié, l'esprit Proust et l'esprit Douche auxquels il entendait, dans les deux cas, m'initier, j'ai gardé de l'incident l'habitude des bains.

Mais honnêtement... Est-ce que, vu la vie de dingue que je mène, à m'esquinter le corps et le cerveau, à crapahuter dans les lieux les plus pourris et, à Paris, à passer des nuits infernales à ne pas dormir, je n'ai pas droit à ce petit plaisir ? Et vu, par ailleurs, que, grâce au costume de rabbin, chemise blanche et costume noir, que j'ai adopté une fois pour toutes, je réduis au minimum le temps de l'habillage, qui cela va-t-il gêner que je m'octroie ces dix minutes de pur plaisir d'exister ? De toute façon, changerais-je d'avis, que ça n'aurait aucun effet : ce serait comme la fois où je suis allé à « Apostrophes » en T-shirt sombre – le lendemain, ça n'a pas manqué, la presse titrait « BHL et son éternelle chemise blanche ».

10

Et, maintenant, Journal ! Mon dernier rituel du matin. Depuis le temps que ça dure ! Une vie… Il y a eu J. Puis C. Puis K. Avec, entre, l'intermède dictée automatique. Mais je n'ai pas aimé. J'ai besoin d'un visage. Il me faut imaginer une vraie personne au bout de la ligne, découvrant, écoutant, tapant, s'étonnant, ne s'étonnant pas, ne m'en parlant en aucun cas, feignant de s'émouvoir, ou de s'émerveiller, ou d'être choquée si je lui répète, dans une conversation, en oubliant que je le lui ai dicté, ce qu'elle a dactylographié la veille.

Quelle preuve de confiance, quand j'y pense. Aucune, en quarante ans, ne m'a trahi. Et, pourtant, il y avait matière ! Du bruit. De la fureur. Des secrets d'écriture et d'amour. De la bouffonnerie. Des regrets. L'envers et l'endroit du décor littéraire, politique, philosophique, diplomatique, financier, galant, contemporain. Et tout ça très précis, avec, quand je dicte sur l'appli qui a remplacé nos bons vieux répondeurs téléphoniques d'autrefois, épellation des noms propres, énonciation claire des virgules, points-virgules, points de suspension, deux-points – et, en même temps, brut de décoffrage, jamais de fioriture, de littérature, de culpabilité, rien.

Ces jours-ci, je dicte peu. Car tout dépend. Quand j'ai eu une longue journée, et qu'il s'y est passé des choses, je dicte long. Mais, hier, sauf l'heure de marche réglementaire, entouré de mes policiers, à tourner autour de mon pâté de maisons (là, c'était fête, j'ai eu droit à deux pâtés) comme le rat de laboratoire de Laborit, ou l'intraitable forçat de Rimbaud dans la cour de sa prison, je n'ai rien fait que lire, écrire, décider de ne pas dormir, dormir et, dans ces cas-là, je dicte court.

Ce n'est pas un journal de lectures que je tiens. Ni un journal de mes pensées. Ni, encore moins, du livre en cours. C'est le journal de ce que je vis et écrirai un jour, si je m'y décide, dans mes éventuels Mémoires. Et, quand il n'y a rien, il n'y a rien. Quand il n'y a pas de conversation notable, de singulière ou douce rencontre, de petit ou grand complot, de vie secrète, de reportage, de promenade enchantée ou d'événement décisif, c'est comme les séances courtes de Lacan qui pouvaient durer cinq minutes, parfois moins, juste le temps, sur le pas de la porte, de prendre le bifton (ce qui ne m'empêche pas, il faudra que je m'en explique aussi un jour, de continuer de tenir l'auteur des *Ecrits* pour l'un des penseurs majeurs de notre temps), dans ces cas-là, donc, je dicte bref et c'est le cas aujourd'hui.

J'ai calculé, l'an dernier, quand Maître X., le notaire, m'a appelé pour me dire que l'Etablissement XX nous virait et qu'il fallait déménager les cartons et trouver un autre coffre pour les stocker : deux feuillets en moyenne par jour, 365 jours par an, que multiplient quarante ans, ça fait facile 30 000 feuillets, soit, en langue Grasset, 45 millions de signes. Qu'est-ce que je vais faire de ça ? Trouverai-je, un jour, le temps, l'envie, l'énergie, de transformer cette masse en *Antimémoires* ou *Lièvre de Patagonie* ? Et si je ne les trouve pas, ne suis-je pas en train de laisser derrière moi une bombe à retardement et, pire, des pages littérairement médiocres car dictées à la diable entre mon bain, ma presse et mon litre de gingembre matinal ?

Nous y sommes. C'est tout le sujet du rendez-vous. Je sais que je ne dors, par principe, pas. Mais qui, franchement, aurait dormi avec la perspective, au bout de la nuit, de *ça* ?

11

C'est Sollers qui m'a mis le doute. Mon Dieu, comme j'ai du mal à parler de lui au passé… C'était à La Closerie, sa table habituelle, œuf mayo pour tous les deux. « Les bons ? Les méchants ? Qui sont les morts vivants ? Qui de Dante ou Hésiode avait encore la clef des champs ? » Et, soudain, *breaking point*. « Fais gaffe avec le dossier Mémoires. D'un côté, tu as les amis qui te veulent du bien : avec la vie que tu as, tu devrais tout raconter, ce sera ton meilleur livre – et, évidemment, tu te laisses avoir ; tu les écris trop tôt ; c'est mon cas. Mais de l'autre (est-ce que ce n'est pas *ton* cas ?) tu penses que rien ne presse et que tu ne vas pas leur faire ce cadeau : "un jour, tu te dis… j'aurai moins à faire… et je me résoudrai à raconter…" – sauf que, ce jour-là, si ça se trouve, tu n'auras plus de jus ; avec le désir de vivre sera parti celui d'écrire ; tu penseras "à quoi bon" et ce sera trop tard ».

Après, il y a eu Corpet. D'ailleurs non, pas après, avant. Car j'entends encore Sollers (il me semble que c'est le même jour, il faudra que je vérifie, c'est aussi à ça que sert un Journal) me faire une imitation du cher Olivier Corpet dont la maladie commence de se voir. « Attention ! Entrée des fantômes ! Les momies parlent aux momies ! » Et simulation de la scène (que je lui avais racontée) de l'Excelsior, à Venise : on est dans le lobby, attendant Robbe-Grillet dont j'ai produit le film, dont il est, lui, Corpet, une sorte d'écuyer et qui attend, pour descendre, que se soit égaillé l'essaim de mouches festivalières qui se pressent autour d'Alain Resnais, son complice d'il y a cinquante ans, l'année de *Marienbad* (mais c'est, de nouveau, son année, il vient d'obtenir le second *Lion* de sa carrière – alors que lui, Robbe-Grillet, est au bout de sa descente au purgatoire...).

« Alors comme ça », me dit Corpet avec sa raideur nouvelle, ses yeux devenus fixes et sa diction trop hachée que singeait cruellement Sollers, « Monsieur tient un Journal ! et depuis le début ! et il a donné ordre, en cas de mort subite, de tout détruire sous prétexte qu'il n'aura pas eu le temps de bien mettre sa prose au carré ! et il pense que ses héritiers vont s'exécuter et ajouter au chagrin de le perdre celui de brûler de leurs mains cette ultime trace de lui ! et il croit que la loi française va laisser faire ce crime contre les familles, la curiosité des valets de chambre hégéliens et, peut-être, la littérature ! Gagnons du temps. Vous êtes peut-être calé en philosophie. Mais les archives, c'est ma vie. Et vos archives, sauf si vous les détruisez vous-même, finiront dans mes archives. Je répète : mes archives, à l'IMEC ! ».

C'est comme ça que je suis allé voir les avocats S. et T. ; puis le cabinet d'huissiers W. ; puis Maître X., notaire de la famille, qui vient de prendre sa retraite et de passer la main à Maître Y. ; puis, à chaque étage, un suppléant prêt, en cas de disparition ou de défaillance de l'un ou de l'autre, à prendre la relève. Et c'est ainsi que, hanté par le scénario Corpet, j'ai conçu un dispositif que j'ai soumis à tous les *stress tests* imaginables – avec, dans le système, ma femme, mes enfants, les dactylographes survivantes, mon éditeur et, surtout, les trois témoins amis que le notaire Y., plein du zèle des nouveaux arrivés, a jugé « raisonnable » de réunir ce matin.

Seront-ils à l'heure ? Sans doute pas. Mais, les connaissant, j'ai pris la précaution de leur donner à chacun un horaire légèrement différent.

En tout cas, ils vont être surpris.

12

D'abord, comme mes trois médecins, ils ne se connaissent pas. E. et F. un peu, mais perdus de vue depuis longtemps. Et quant à D., nouvelle entrante, en remplacement de Z. que j'ai été assez négligent pour laisser dans le testament, malgré sa trahison, il y a dix ans, personne, pas même Google, n'a idée de qui elle est.

Mais surtout je ne leur ai parlé de rien. Ils sont au courant, vaguement, comme tout le monde, pour le Journal. Mais ils ne savent rien du dispositif. Ni, encore moins, qu'ils en sont les pièces maîtresses.

En principe ils seront flattés. Avec, peut-être, un côté « pourquoi moi ». Et, chez F., le plus timoré, la réaction des gens qu'on arrêtait, en stop, avec Isabelle, sur les départementales de Bretagne, notre DKW décapotable garée sur le bas-côté : « tenez, voilà les clefs, on n'en veut plus, elle est à vous » – ils prenaient l'air épouvanté, ils n'en voulaient pas non plus, ils se sauvaient.

Mais Maître Y. arrangera tout. Pour une fois qu'il est en charge d'une affaire « littéraire et enrichissante », il a « bloqué sa matinée ». Et il va si bien jouer son rôle de notaire balzacien que ça va détendre l'atmosphère.

Il va refaire l'historique. Noter (il est fou de la citation depuis que je la lui ai soufflée) qu'on entre dans un mort comme dans un moulin. Et expliquer la procédure.

Soit, dira-t-il, notre ami (moi) fait le job. Il prend le temps de tout mettre en forme, caviarder ce qui serait de nature à nuire aux tiers ou à sa mémoire, réécrire. Et, sauf revers de fortune que nul ne lui souhaite mais qui le contraindrait, comme son illustre prédécesseur Chateaubriand (probable regard vers moi pour vérifier qu'il ne se trompe pas), à mettre sa traversée du siècle en commandite, il n'aura pas besoin de nous.

Soit il est pris de court. Il disparaît dans une de ces contrées périlleuses où il s'obstine à se rendre contre l'avis des siens. Ou, comme le redoutait son regretté confrère, M. Sollers (nouveau regard, s'assurant qu'il n'écorche pas le nom), il prend son temps, remet toujours à demain ce qu'il pourrait faire aujourd'hui et décède sans avoir pu traiter la chose que, dans les contrats (geste vers son assistante qui distribue des copies du contrat), nous appelons « le manuscrit ». Et alors nous nous retrouverons, mais sans lui (nouveau regard, navré), dans ces bureaux, que dis-je ? (coup d'œil sur les murs lambrissés) ce cabinet des antiques où il a comparu, pour la première fois, il y a cinquante ans, en compagnie de Monsieur son père – et à moi, sous l'œil expert des avocats S. et T., de l'huissier W. et sous votre haute autorité de témoins désormais assermentés, d'exécuter à la lettre, quoique dans le respect de la loi, les instructions.

Sentez-vous, a-t-il dit, Max Brod ou Cazalis (coup d'œil à ses notes). Ou Tom Cruise (à moi, plein de reconnaissance). Nulle mission n'est impossible. Celle-là moins qu'aucune autre. Brûlez, mes amis, brûlez tout, rien ne doit rester de ce tas de secrets (de nouveau ses notes – mais, cette fois, il est perdu).

Il sera midi quand il aura fini. Sans lui et avec les amis, nous irons déjeuner au Winston où j'ai mes souvenirs de lycéen. Il est marrant ton gars, dira l'un. Vive nous, ajoutera l'autre – à quand ton reportage sur la guerre oubliée des îles Moluques ? Et F., le plus lettré, jouera à qui aurait pu écrire : « cœurs chagrins s'abstenir, on va bien s'amuser » ; ou : « il est toujours midi, quand on veut, à l'horloge du temps qui vient ».

La nuit aura été blanche et noire. Mais la météo annonce un ciel clair et bleu. Il faut vivre sa vie et, si possible, toutes les autres. La vraie vie est ici.

TABLE

DU MÊME AUTEUR (*Suite*)

Romans

LE DIABLE EN TÊTE, Grasset, 1984.
LES DERNIERS JOURS DE CHARLES BAUDELAIRE, Grasset, 1988.

Théâtre

LE JUGEMENT DERNIER, Grasset, 1992.
HÔTEL EUROPE, Grasset, 2015.

Beaux-Arts

FRANK STELLA, La Différence, 1989.
CÉSAR, La Différence, 1990.
PIERO DELLA FRANCESCA, La Différence, 1992.
PIET MONDRIAN, La Différence, 1992.
LES AVENTURES DE LA VÉRITÉ, Grasset/Fondation Maeght, 2013.

Questions de principe

QUESTIONS DE PRINCIPE I, Denoël, 1983.
QUESTIONS DE PRINCIPE II, Le Livre de Poche, 1986.
QUESTIONS DE PRINCIPE III, *La suite dans les idées*, Le Livre de Poche, 1990.
QUESTIONS DE PRINCIPE IV, *Idées fixes*, Le Livre de Poche, 1992.
QUESTIONS DE PRINCIPE V, *Bloc-notes*, Le Livre de Poche, 1995.
QUESTIONS DE PRINCIPE VI, *avec Salman Rushdie*, Le Livre de Poche, 1998.
QUESTIONS DE PRINCIPE VII, *Mémoire vive*, Le Livre de Poche, 2001.

Questions de principe VIII, *Jours de colère*, Le Livre de Poche, 2004.

Questions de principe IX, *Récidives*, Grasset, 2004.

Questions de principe X, *Ici et ailleurs*, Le Livre de Poche, 2007.

Questions de principe XI, *Pièces d'identité*, Grasset, 2010.

Questions de principe XII, *Début de siècle*, Le Livre de Poche, 2013.

Questions de principe XIII, *Qui a peur du XXIe siècle*, Le Livre de Poche, 2016.

Questions de principe XIV, *L'Œil du cyclone*, Le Livre de Poche, 2018.

Chroniques

Le Lys et la Cendre, Grasset, 1996.

Comédie, Grasset, 1997.

Ennemis publics *(avec Michel Houellebecq)*, Flammarion/Grasset, 2008.

Cet ouvrage a été achevé d'imprimer sur Roto-Page
par l'Imprimerie Floch à Mayenne en décembre 2024
pour le compte des Éditions Grasset
61, rue des Saints-Pères, 75006 Paris
info@grasset.fr

Mise en pages
PCA 44400 Rezé

PAPIER CERTIFIÉ

Grasset s'engage pour
l'environnement en réduisant
l'empreinte carbone de ses livres.
Celle de cet exemplaire est de :
400 g éq. CO_2
Rendez-vous sur
www.grasset-durable.fr

N° d'édition : 23422 – N° d'impression : 105939
Dépôt légal : janvier 2025
Imprimé en France